乙女の悲

編集者 風見菜緒の推理

鏑木 蓮

ハルキ文庫

角川春樹事務所

本書は書き下ろし小説です。

乙女の悲　編集者　風見菜緒の推理

プロローグ

「やっとこの日が参りました」

青柳正十郎《あおやぎせいじゅうろう》は、柳生宗矩《やぎゅうむねのり》江戸上屋敷《かみやしき》の裏庭に通されると、目の前に現れた柳生十兵衛《じゅうべえ》の前に手を突いた。

十兵衛は世間が噂《うわさ》するような隻眼《せきがん》ではなかった。絹羽二重の小袖《こそで》に袴《はかま》、その上に黒縮緬《くろちりめん》の羽織、腰に差しているのは杖《つえ》だが武家らしい身なりをしていた。

「青柳殿、どうしても拙者と？」

「信州《しんしゅう》の里を出て以来、十兵衛様との手合わせだけを夢見て参りました」

「致仕《ちし》より十一年、ようやく江戸への帰還を許された身でござる。そなたの仕官の口添えをできる役ではござらん」

「わたくしは、己の剣術がいかほどのものか、それが知りとうございます。世に聞く十兵衛様の新陰流《しんかげりゅう》にどこまで通用するものかを」

正十郎は、幼少の頃《ころ》より剣で身を立てるために、心形刀流《しんぎょうとうりゅう》の厳しい稽古《けいこ》にも音を上げず、精進してきた。十兵衛は、いま自身が言ったように、十一年間江戸から追放されていたが、大和国《やまとのくに》を中心に諸国を経巡《へめぐ》り剣術と兵法を完成させた。そして今や柳生の跡取り十兵衛こそ、日本国にその名を轟《とどろ》かせる使い手なのだ。十兵衛に勝てば、仕官の道などどうにでもなろう。だが正十郎はそんなことより、積年追い続けた、心形刀流こそ最強であることを満天下に示す夢を果たしたい。

「あい分かった。そなた独り身か」

「剣のため、ただいま臨終の心で二十四年生きて参りました」

さやの顔がよぎった。深川《ふかがわ》の長屋に漂う夕餉《ゆうげ》の匂《にお》いとともに、江戸に上ってからの三年の日々まで思い出された。

それを掻《か》き消すように唇を噛《か》み、

「国を捨て、天涯孤独の身でございます」

と言うと、顔を上げた。

「よかろう」

十兵衛は現れた姿のままゆっくり、庭の中央に歩み出た。

「太刀は？」

「拙者は、これで」

腰から四尺の杖を引き抜き、地面に突いた。その杖の頭に両手を重ねて置く。

「杖術《じょうじゅつ》……もしやそれは十兵衛杖」

「左様。そなたは真剣でござろう？」

「かまいませぬか」

心形刀流は杖を得意とする流派だ。杖術の手筋は熟知していた。

「では」

と正十郎は立ち上がり、たすき掛けをすると十兵衛に向かう。鯉口《こいぐち》を切り、太刀を抜く。

続いて小太刀を左で抜き、二刀を正眼に構えた。

「心形刀流、青柳正十郎」

そう叫ぶと、屋敷の奥から白髪の柳生宗矩が姿を現し、縁側に正座した。

「わしが見届けよう」

しわがれた声だったが、腹に響いた。

「参られよ」

構えもせず、そのままの格好で十兵衛が言った。

正十郎がじりじりと前へ出る。

間合いは一間弱、双方一撃に出れば充分届いたはずだ。しかし十兵衛は動かなかったし、正十郎も打って出ない。

正十郎は小太刀はそのままに、太刀を正眼から下段へと移した。両の切っ先の威圧で体勢を崩させたかったが、十兵衛の半眼は、正十郎を捉《とら》えて放さない。

言わば小太刀はおとりだ。十兵衛の意識が、一刹那《せつな》でも小太刀に向いてくれれば、太刀で打って出る。

右半身《はんみ》から、左半身に体勢を変え、杖に置いた手をめがけて、小太刀を突き出した。

十兵衛杖がうなりを上げたかと思うと、下から小太刀は撥《は》ね上げられて空を舞う。

しめた。

隙《すき》だらけの臑《すね》へ太刀で斬《き》りかかった。

十兵衛の左足は、正十郎の下段からの斬り上げによって、臑の下あたりで切断された……。そのはずだったが瞬時に足を引き、太刀を躱《かわ》していた。

今度は十兵衛が右から袈裟懸《けさが》けに杖を振る。

それを正十郎は鎬《しのぎ》で受けようとした。ところが杖は正十郎に届かず空を切る。その瞬間十兵衛の面が、がら空きになった。正十郎はすかさず渾身《こんしん》の力で太刀を振り下ろす。

しかし正十郎の右籠手《こて》に痛みが走り、太刀は地面に落ちていた。正十郎の顔面をかすめて宙をさまよったかに見えた杖は、実は弧《こ》を描いて籠手を打っていた。はじめの一振りは打ち損じたのではなく、面を狙《ねら》わせる罠《わな》だったのだ。

「太刀を拾われよ」

構えもせず、自然体の十兵衛が言った。

「いいえ」

正十郎は地面に両手を突き、

「参りました」

と頭を下げた。不思議に無念さはなかった。

「勝負あったか」

宗矩が庭に下りてきた。

「見事じゃ、青柳殿。十兵衛が太刀にてお相手申せば、危うかった。自在に動く杖なれば
このこと。そなたの剣、何と？」

「但馬守《たじまのかみ》様、心形刀流秘剣流雪刀《ひけんりゆうせっとう》にてござります」

正十郎は地面を凝視したまま答えた。

「二刀流だが、二天一流《にてんいちりゅう》ともちがう。その剣、十兵衛の元で磨かんか」

「な、何と仰せでございますか。わたくしを……」

「十兵衛の補佐役がいるのじゃ」

「ありがたき幸せ」

「青柳殿、顔を上げられよ」

十兵衛の声が近づく。

正十郎は体を起こし、十兵衛を見上げた。

彼の穏やかな顔を見て、真剣ではなく杖を用いたのは、自分を生かすためだと確信した。

「十兵衛様、ただいまの杖さばきは？」

「とっさのことゆえ技の名はござらん。そう、親父《おやじ》殿に名付けていただこうかの」

十兵衛は傍らの宗矩を見た。

「新陰流に『逆風《ぎゃくふう》』というものがある。それを十兵衛は杖でやったと見た。さながら天女が舞うがごとくのしなやかさで……そう、『逆風天《あま》ノ羽衣《はごろも》』とでも名付けようぞ」

確かに十兵衛の杖は羽衣のように風を切って弧を描き、華麗であった。

「よき名、ありがたく頂戴《ちょうだい》いたします」

十兵衛は宗矩に頭を下げ、

「さあ青柳殿、お立ちなされ」

と正十郎に手を差し伸べた。

正十郎は十兵衛の手を堅く握りしめて立ち上がった。

ふと見上げた空は晴れ渡り、一陣の風が新緑を揺らした。

郷里の師や仲間、ここにくるまでに手合わせした剣士、そして、さやの顔が目に浮かんだ。

1

「はい、カット！」

モニターを見ていた監督の亀井和将《かめいかずまさ》が大声で言った。猪首《いくび》ででっぷりした体軀《たいく》の亀井の声はオペラ歌手のようによく通り、耳が痛い。

十兵衛役の佐村丈《さむらじよう》に手を取られ、空を見上げていた正十郎役の神生陽太《かみおひなた》が、亀井の表情を窺《うかが》う。

「オッケーだ」

亀井の言葉で、スタッフ全員が拍手を送った。

助監督の池野圭太《いけのけいた》が、

「これでBS時代劇『柳生月影抄《やぎゅうつきかげしょう》　外伝《がいでん》・逆風天ノ羽衣』、クランクアップしました」

とトランシーバで撮影所の内外に告げた。

亀井の横のモニターを見ていた至誠《しせい》出版編集部の風見菜緒《かざみなお》と原作者の中西篤哉《なかにしとくや》のところにプロデューサー小金沢豊子《こがねざわとよこ》が飛んできた。

東京から京都太秦《うずまさ》の撮影所に着いたあと、ざっと所内を案内してくれた豊子は、キャリアから考えて五〇代前半だろうが、若々しくて細身でフットワークがいい。菜緒は、三八歳になったとたん気になりだした腰の辺りを手で触って、座りっぱなしの暮らしを反省した。

今春小学校六年生になったばかりの一人息子の一樹《いっき》が、クラスの女の子から若くてきれいなママだと言われたらしいから、もう少し運動してスタイルを維持しないといけない。

「中西先生、風見さん、撮影はすべて終了しました。ありがとうございました。この後主演の神生陽太が、ご挨拶《あいさつ》に参ります」

「小金沢さん、お疲れ様です。楽しかったです」

菜緒が立ち上がると、篤哉は緊張の面持ちで黙って立って会釈した。篤哉は、至誠出版の屋台骨を支えるほどのベストセラー作家だ。すでにテレビドラマ化は三本目だったけれど、撮影現場の見学は初めてで今日はずっと固くなっていた。京都へは高校の修学旅行以来で、太秦撮影所にはグループの一人が具合を悪くして行きそびれたのだそうだ。

「先生、差し入れの『しゅんかしゅうとうk・i・k・iボンボンショコラ』も美味《おい》しくいただきました。ありがとうございます」

「あ、いや……あの、タイトルというか、ラストの十兵衛の杖の技名、あれには感心しました」

篤哉がはにかみながら言った。

「逆風天ノ羽衣ですね」

「そんな綺麗《きれい》な名、僕じゃ無理ですよ」

「監督が聞いたら喜びます。あれ風見さん、腰、どうかされました？」

豊子は菜緒が腰にやった手に目を落とした。

「いえ、大丈夫です」

「見学も結構疲れますでしょう？　ああ、きました、きました」

豊子が振り向いた先に、スタッフからもらった花束を抱えた汗まみれの神生と、紺色のスーツの女性の姿があった。菜緒と同じようにショートボブで、まだ三〇歳にはなっていないだろう。背丈も菜緒と変わらず、ふっくらした顔が可愛《かわい》らしかった。

豊子が、神生たちに菜緒と篤哉を紹介すると、女性が名刺を差し出し、

「マネージャーの藤明奈《ふじあきな》です。先生の原作拝読させていただき、大変面白く、何とかイメージを壊さないよう神生も頑張らせていただきました。いかがでしたか」

と篤哉に聞いた。

「イメージ通りです。ありがとうございます」

篤哉の声がうわずっている。

「先生、撮影を熱心にご覧になられていて、正十郎が生きて動いている、っておっしゃっ

てました」

菜緒が笑みを浮かべて、明奈と神生に言った。

「それは嬉《うれ》しいです。僕、祖父が見てた時代劇専門チャンネルにはまって、剣道を始めたんで、自分がその現場に立てたのが、本当に嬉しいんです。先生の柳生月影抄シリーズは全部持ってます」

柳生月影抄は、現在二三冊を数え、累計発売部数四〇〇万部を突破した、篤哉の人気シリーズだ。主人公はお馴染《なじ》みの柳生十兵衛なのだが、視点は、命懸けで挑む地方の若い剣士に固定されていた。つまり、十兵衛を倒して、一躍脚光を浴びる夢を必死で追い求める若者の成長を描いた。当節流行の江戸人情話よりもチャンバラが中心で、昔ながらの剣豪小説ファンの心を摑《つか》んだようだ。もともとはミステリーでデビューした篤哉に、武道経験を生かした時代劇を書かせたのは外ならぬ菜緒だった。

「それは嬉しいです、ねえ先生？」

「ええ、お若いのにありがたいことです」

飲み屋では饒舌《じょうぜつ》で、女性に人気のある篤哉なのに、今日は本当に借りてきた猫だ。

その様子に、吹き出してしまいそうになるのをこらえて、

「体、大丈夫ですか」

神生の土が着いた袴《はかま》に目をやる。ラストシーンまでに二人の剣豪との立回りを撮ってい

た。

「リハーサルでは代役でしたけど、本番はMAXで転がっちゃいましたから、たぶんそこら中打撲してます」

「痛そう」

菜緒は肩をすくめた。

「それなりに鍛えてますんで、大丈夫ですけどね」

神生が白い歯を見せた。

「いやあ、実にお上手でした。スタントの方も大変だったでしょうね」

隣の篤哉が聞いた。

「スタント……ああ三松《みまつ》さん、あの方も俳優なんですよ。今回は僕と体格が似てるんで、危険なシーンの代役をしてもらってますけど」

神生が言った三松を、菜緒は他のBS時代劇で何度か見たことがあった。たぶん亀井監督が指揮を執ったものだったと思う。

「それは失礼なことを言ってしまいました。太刀筋がしっかりしてて身のこなしも素早かったので」

「居合道をされてると聞きました」

「ですね。でも所作はどこも悪くないのに、えらく監督から注文が出てましたね」

篤哉はそんなところを気にしていたのか。

「いつものことです」

小声で割って入ってきた豊子は、

「注文というより叱責《しっせき》だったでしょう？　三松豪《ごう》さんは、亀井監督作品にほとんど出演されていて、気心のしれた関係だから言いやすいんじゃないかな。それに怒鳴り声で、現場がピリッとして、いい緊張感が出ることもあるみたいですし」

と可愛らしい前歯を覗《のぞ》かせ、微笑《ほほえ》む。

「そうでしたか。安堵《あんど》しました」

篤哉は少し緊張がほぐれたようで、いつもの笑顔を見せた。中肉中背ながらがっちりした体軀、ほりが深い顔立ちの篤哉は、菜緒の親友のフリー編集者加地美千香《かちみちか》に言わせればイケメンなのだそうだ。四六歳なのにロマンスグレーの髪も、美千香の好みに合うらしい。

美千香は民俗学者、加地清志《きよし》の一人娘で、裏も表もない素直な女性に育ってほしいとの願いから、カチミチカと回文になるように名前を付けられた。

「そうだ、今夜の打ち上げに参加していただけるんですよね」

豊子が菜緒に尋ねた。

「そのために、御池《おいけ》通のホテルGに宿をとりました。梅雨《つゆ》なのになかなか取れなくて、苦労しました」

菜緒は、京都の東西を貫く大通り沿いにある、小ぶりのホテルの名を出した。京都への一泊出張は、常に宿取りに苦労する。ことにここ数年は、思うところに泊まれない。滋賀《しが》や名古屋のホテルに宿泊する場合すらあった。駅から離れている御池でも、市内なら運がいい方だ。もちろん予算がもっとあれば、そんな苦労もしないが、社内でケチで通っている編集部長の玉木《たまき》が、打ち上げのために一泊を許してくれたことだけでもよしとするべきだろう。ドル箱作家、篤哉との同伴のお陰だ。

打ち上げは、撮影所の近くにある中華料理店で、午後六時から行われる。店の前までくると、入り口から少し離れた自販機の前に移動した。

菜緒は始まるまでに、会社に電話をして別の作家の作品が滞りなく進んでいるのかを、新人編集者工藤香怜《くどうかれん》に確かめないといけなかった。著者校正返却の最終期限が今日だったからだ。

締め切りには一週間ほどの余裕を持たせているが、ベテラン作家になると裏事情もよく知っていて、放《ほう》っておくとほんとうに印刷に間に合わなくなる危険があった。香怜には、まだ駆け引きができない。

案の定、校正原稿は届いていなかった。仕方なく、菜緒が作家に電話をかけ、何が何でも明日中に届けてほしいと言った。そうでないと、至誠出版の出版計画が崩壊してしまうから助けてほしい、と泣き付いたのだ。

　渋々約束させて、菜緒は電話を切った。そして深呼吸をして、自宅の番号をプッシュする。

「お母さん、一樹の様子はどう？」

　一樹は、五年前に別れた夫の菜緒への暴力を見たせいで、四年後PTSDを発症し、五年生の夏から不登校となった。六年生になって友達の誘いなどで登校できるようになっていたが、感情の起伏が激しく、何かあればすぐ早退したり欠席したりする。

　朝、一樹を学校へ送り出してから京都へ向かい、その後のことは横浜の実家から母が見にきてくれていた。

「大丈夫、お利口さんよ」

「いま一樹は？」

「部屋。もうじき夕飯の声をかけようかと思ってる」

「じゃあまたゲームかな」

「あんたがいないときくらい、やらしておやりよ。やっと学校に行ってくれるようになったんだから」

「鬼の居ぬ間のなんとやらね。でも甘やかすのもほどほどにね」

　心を閉ざしかけていた一樹が一歩踏み出したのは、美千香のお陰だった。美千香はゲームでもスポーツでも手を抜かず、一樹と向き合ってくれた。美千香に心を開き、何でも話すようになってから学校に行けるようになった。美千香は、菜緒にとっても頼れる先輩だけれど、一樹にも信頼できる大人なのだと思う。

「あなたこそ、酒宴で羽目を外さないでよ」

「大丈夫よ、お母さんが好きな佐村丈も一緒なんだから変な姿を見せられない」

「本当に、いいわね。あの人、独身だったわよね」

「何言ってんの、二つ年下よ」

「いいじゃない。菜緒は怒らなかったら、可愛いのよ。その辺の若い女優なんかに負けるな」

「母さんって本当に脳天気だわ。じゃあ一樹のことお願いね。明日は、夕方五時くらいには戻るから」

「はい、分かりました。お土産《みやげ》楽しみにしてるわ」

電話を切ると、背後に人の気配を感じた。

「亀井さん」

そこにもじゃもじゃ頭で無精髭《ぶしょうひげ》の亀井が、ポケットに手を入れて立っていた。往年の大スター勝新太郎にどことなく風貌《ふうぼう》が似ていて、「亀新《かめしん》」さんという愛称で呼ばれることもあると聞いた。

「風見さん、今夜の打ち合わせですが、急用ができまして変更して頂けませんか」

「打ち上げはどうされるんです?」

「挨拶だけして、出ます。今夜しか時間が取れないようなんで」

「それは残念です。いろいろ伺いたいこともあったので」

「風見さんは、明日、お戻りなんですよね」

「ええ、午後一番の新幹線に乗ろうと思ってます」

「そうですか、では、朝一〇時、僕の事務所にきてもらえないですか。太秦駅前のマンションヨン太秦レジデンス一〇五号室です。原稿をお渡しして、本の方向性と僕の思いをお伝えしたいんです」

「分かりました。こちらこそすみません。夕方には戻らないといけませんので」

「申し訳ないですが、よろしく」

と頭を下げ、亀井は店の中へ入っていった。

時代劇のみならずテレビドラマの監督をしている亀井だが、ライフワークはドキュメンタリー映像制作だった。

テレビの深夜枠でドキュメンタリー番組の指揮を執って、その醍醐味《だいごみ》を知ったという。ただドキュメンタリーにはスポンサーがつきにくい。世の中の不正や不条理をドキュメントすることと、企業論理は相容《あいい》れないようだ。端的に言えば、ドキュメンタリーはお金にならないからテレビドラマの監督で食べてきたのだ。

そんな亀井が、どうしても世の中に問いたいテーマがあると、菜緒が相談を受けた。

亀井が書いている題材は暗く、ライトノベルズが主流になりつつある出版事情からしてとても売れ筋とはいえないものだった。

亀井の父、将史《まさし》は、五〇歳の誕生日を迎えてほどなく生まれ故郷である京丹後《きようたんご》市M町の雑木林で首を吊《つ》って死んだ。亀井は二八歳、テレビの仕事をやり始めた頃だった。小学校の教員の母と、役場勤めをしていた父は、生活も安定していたし健康面にも問題はなかった。母との仲も町で評判なくらいよかったと聞いていた。そんな父が、母と自分を残して死んだことがずっとわだかまっていたという。父親と同じ五〇歳に近づくにつれ、いったい何があったのかを知りたくなったのだそうだ。

構成としては、父の自殺の原因を息子が追っていくドキュメントなのだが、その過程で七〇余年を経てもなお残るM町T村の戦争の爪痕《つめあと》を浮き彫りにするというものだ。

さすがにドラマの監督だけに、ミステリー的なドキュメンタリーに仕上げるべく章立ての構成表を作成していた。

一章、なぜ、父は死んだのか
二章、まとわりつく戦後の悲劇
三章、父の墓標は、乙女の碑——

そのうち、今回はまずクライマックスに当たる三章をもらうことになっていた。結論が見えないと不安だった。結論がつかめれば、あとはどう読者を誘《いざな》うかを検討すればいい。そうすれば必要ないエピソード、反対に足りない資料も見えてくる。

菜緒は、篤哉と同じ席に着く。その席には豊子と助監督池野、亀井監督が座った。

司会を務める豊子が立ち、挨拶をし、続いて亀井が無事に撮影が済んだ謝意を述べた。そして放映するテレビ局の編成局長が乾杯の音頭を取って、会食が始まった。

時計を気にしていた亀井が、豊子に耳打ちしてから、菜緒に会釈すると、口元を拭《ぬぐ》って出口に向かった。

2

明くる朝、菜緒はホテルを九時半にチェックアウトして、御池通からタクシーで太秦レジデンスへと向かった。

目覚めがよかったのは、昨夜はシャンパンを二杯に抑えておいたからだ。篤哉は緊張の糸が切れたのか、飲み潰《つぶ》れ、ホテルまで運ぶのに一苦労した。あのまま三次会に参加させていたら、一人では連れて帰れなかっただろう。

精算のとき、一二時になったら篤哉を起こしてほしいとフロントに頼んでおいた。打ち合わせのため昼一番の新幹線で東京に戻るのは無理なので、自分にはかまわず帰ってほしいと篤哉に伝言を残した。

梅雨の時期の京都は服装に困る、と今年から京都を拠点に活動を始めている美千香が言っていた。蒸し暑いと思って真夏の格好をしていると、一雨降って急に気温が下がることもあるそうなのだ。

昨年、夏から秋に何度か京都にやってきたときは、とにかく町全体がサウナ状態の暑さに悩まされたから、六月初旬ともなると相当な湿気を覚悟していた。ところが昨日今日は気温はそこそこ高めだったが、からっと晴れていた。そのため昨夜は少し肌寒く感じた。

タクシーの中で菜緒は、日頃の行いがいいことを、お天道様はしっかりお見通し、と美千香にメールを打った。

亀井の事務所はすぐに分かった。駅前のマンションの中に入って廊下を進むと、一〇五号室のドアに白いプレートが貼《は》ってあって大きく『亀井企画』と書かれていたからだ。

腕時計はぴったり午前一〇時を指していた。菜緒は、インターフォンを鳴らして、返事を待つ。

返事がない。

昨夜、用事があるといっていたが、おおかた祇園《ぎおん》か上七軒《かみしちけん》でお目当ての芸妓《げいこ》さんと会っていたのだろう。クランクアップの解放感から、篤哉同様飲み過ぎたのかもしれない。

もう一度、インターフォンで呼んでみる。

やはり返事はなかった。

亀井の携帯へ電話をかけたが、留守電に切り替わる。

「もしもし、お疲れ様です、至誠出版の風見です。いま一〇五号室の前におりますので、よろしくお願いします」

と告げて、少し待った。

軽くドアを叩《たた》いてみた。開いていないだろうと思って、ドアノブを回した。

鍵《かぎ》はかかっていない。

菜緒はドアを開き、恐る恐る声をかけながら中に入った。

一瞬躊躇《ちゅうちょ》したが、上がり框《がまち》にあったスリッパに履き替えて、廊下を奥に進む。

壁一面が書棚となっていて、書籍やＤＶＤ、ビデオテープがぎっしり並んでいたのだろう。しかしいまは地震でもあったかのようにほとんどが床に落ちていた。

大きなデスクにデスクトップパソコンの背面が見え、その向こうに大きな背もたれの椅《い》子《す》があった。

その椅子に近づくと、亀井の巨体が俯《うつぶ》せに倒れ、頭からは血が流れていた。

駆け寄って亀井の体を揺すった。すでに体は固く、冷ややかに感じた。

これ以上、亀井の体に触れても、室内のものを動かしてもいけない、と思い、菜緒は静かに立ち上がって、一一〇番に通報した。

不思議なことに冷静に現在地を告げ、亀井が冷たくなって動かないことや、室内が荒らされていることを話した。だが電話を切った直後、急に震えがきて、立っていられなくなったのだ。

よくテレビドラマで死体発見のシーンを見ながら、あんな役目はごめんだと母と話していたことがある。絶対にない、テレビの中だけのことだと母の大笑いした顔が浮かぶ。

震えが止まらない菜緒は、美千香を頼るしかないと、携帯を握り直した。

「太秦レジデンス、一〇五号室ね。すぐ行くから大丈夫。カザミンのこと、お天道様が見てくれてるんでしょう?」

「美千香さん」

嫌みに、これほど励まされるなんて思いもよらなかった。

「現場保存して、待ってて」

少し震えがおさまった手で、電話を切った。

パトカーのサイレン音がマンションの前で止まった。

制服警察官が四名と刑事らしき男性が二人、続いて作業服姿の鑑識係官五名が、部屋になだれ込んできた。

四〇くらいの四角い顔をした刑事が、玄関口に佇《たたず》む菜緒を見つけ話しかけてきた。

「右京《うきよう》署の仲上《なかがみ》といいますが、あなたが通報者ですね」

「は、はい」

上手《うま》く息が吸えず、返事するのが精一杯だった。

「お名前と職業をお聞かせください」

仲上は手帳を開く。

「風見菜緒、出版社に勤めてます」

菜緒は名刺入れから名刺を引き抜き、仲上に手渡した。

「東京の出版社から、わざわざ京都へ？」

「昨日撮影所の見学をしたんです」

菜緒は昨日の朝に作家の篤哉と一緒に太秦にやってきたことや、打ち上げに参加したこと、そして今日、亀井の原稿を受け取りがてら打ち合わせをする予定だったことを話した。

「その約束が一〇時だったんですね」

そう言いながら仲上は、別の若い刑事を手招きし、菜緒の名刺を渡した。おそらく会社に菜緒のことを確かめるのだろう。

かんだ。

と、うなずく。刑事からの問い合わせに、玉木が真っ赤になって怒っている姿が目に浮かんだ。

「そうです」

「昨夜は何時まで、一緒にいたんです？」

「用があるからと、六時から始まった打ち上げの、最初の方で出て行かれました。時間としては三〇分ほどだったと思います」

「午後六時半くらいか。行き先とか、誰《だれ》に会うのかとか聞いてませんか」

「それは、聞いてないです」

「うーん、これは確認ですが、亡くなっているのは亀井さんで間違いないですね」

亀井の遺体に目をやり、すぐに逸《そ》らした。

「ええ、間違いありません。亀井監督です」

「分かりました。では発見時のことを詳しく教えてください」

菜緒は見たままを、仲上に伝えた。

「施錠されてなかったんですね」

仲上が念を押す。

「開かないだろうなと思ってドアノブを回したら、すっと」

「亀井さんは普段から鍵をかけないんですか」

「さあそれは分かりません。今日が初めての訪問なので」

「今日の午前一〇時に、あなたがここへくることを知っている人はいますか」

「作家の中西篤哉さんには今日の予定として話しました。その他の人には言ってません」

「中西篤哉って時代小説の」

何冊か読んだことがあると仲上が言った。

「それはありがとうございます。中西さん原作のドラマの撮影を見学しにきたんです。亀井さんはテレビ時代劇の監督さんです」

「そうだったんですか。それじゃあ何がなくなっているのか、分かりませんね」

「亀井さんは強盗に襲われたんですか」

「いや、右京署管内で空き巣が多発してますんでね、念のため」

「そうだ、私が今日預かるはずだった原稿はもらっていっていいですか」

「鑑識作業が終わるまで待っていただきます。それに警察官立ち会いの下ですが、それでよければ」

「そうですか……。あの、電話を使ってもいいですか。自宅の母と息子に」

「どうぞ」

「ありがとうございます」

菜緒が玄関から外へ出ようとすると、

「あの、風見さん、申し訳ないが、外へは出ないでください」

仲上がきつい目で言った。

菜緒はうなずき、仲上に背を向けて電話をかけた。

亀井監督が急死したとだけ言って、今日帰れるかどうか分からないから、一樹にもそう伝えてほしいと告げた。

「とにかくいまはバタバタしてるから、また電話する」

菜緒が電話を終えたとき、玄関ドアの外から甲高い美千香の声が聞こえてきた。

「第一発見者の友人なんです、呼んできてください。心配だからに決まってるでしょう。あなた方は死体に馴《な》れてるでしょうけど、一般人は大変なショックを受けるの。中に入って現場を荒らそうって言ってんじゃないんだから」

菜緒は振り返って仲上に、

「あの、刑事さん。友人がきてくれたようです。一一〇番通報の後、私、怖くて呼んだんです」

とドアに目をやった。

「少しならいいでしょう。遠くへは行かないでください」

「はい」

菜緒はドアを開けて外へ出た。

ヒールも手伝って、警官より背が高い美千香がこちらを見た。

「カザミン、大丈夫？」

美千香は警官に一瞥《いちべつ》をくれると、ハグしにきてくれた。

「情けないですけど、震えちゃって」

「いまは、大丈夫みたいね」

美千香の長い指が背筋を撫《な》でた。彼女の温《ぬく》もりがじわりと体の中に染みいる感じが心地いい。

「お茶でも行く？」

「まだ警察に話を聞かれてる最中なんです。だからここにいないと」

「そう、じゃあ私も一緒にいる」

「いいんですか。私は心強いですけど」

「カザミンを残していったら美千香さんの女が廃《すた》る」

美千香はハグを解くと、ドアに手をかけた。

彼女について部屋に入ると、若い刑事が寄ってくる。

「この方は？」

「風見さんの友達の加地といいます。弁護士じゃありませんので、ご安心を」

美千香の言葉にはいつもドキッとさせられる。

「そうですか。中のものには手を触れないでくださいね」

刑事を前にしても、まったく動じない美千香は面倒くさそうに返事した。

「はい、はい」

「風見さんには、関係者指紋の協力をお願いします。こちらへ」

菜緒は部屋に上がって、鑑識係官のもとへ連れて行かれた。

両手の五指の指紋をとられた後、仲上から運転免許証の提示と、昨夜から今までどこで何をしていたのか聴取された。

むろん六時から一一時過ぎまで撮影関係者の打ち上げに参加し、その後行われた二次会で酔い潰れた篤哉を深夜一時半を回ってから宿泊先の「ホテルG」に連れて帰ったと証言した。

豊子や助監督、佐村、神生とマネージャーの明奈など、二次会が終わるまでは菜緒が一緒にいたことを証言してくれる人間の名前を並べた。

「あの亀井さんは頭から血を流してましたが、死因は何です？」

「言えません。それより風見さんはここに亀井さんの原稿を取りにきたということですが、散乱している書類などすべて拾い集めました。手袋をして確認してもらえますか」

「はい」

菜緒は鑑識係官から手袋を受け取り、リビングフロアにある応接セットのテーブル上に積まれた書類を見る。美千香に目配せすると彼女が裸足《はだし》で駆け寄ってきた。

「あの私も編集者なのでお手伝いします。手袋ください」

鑑識係官は黙って手袋を美千香に差し出した。

「探してるのは、亀井さん、時代劇の監督さんが書いたお父さんの自殺の真相を追うドキュメンタリー作品の原稿です」

現場にいる係官たちが二人の言動に注意しているのが分かった。

「オッケー」

二人は書類を二分して、立ったまま一枚ずつ見ていく。

菜緒の方は、どれもBS時代劇の台本と柳生新陰流の型に関する資料だった。

「そっちはどうですか」

「ほとんどが時代劇の脚本ね。企画書もあったけど、それも時代劇のものだった。中西さんのじゃなかったけど」

「それはそうですよ。中西さんの専属じゃないんですから。じゃあそっちにも原稿はないですね」

「書棚とデスクの中も調べないとね」

「警察の調べが終わったら、見ていいか聞いてみます」

さっきから二人の言動を注視していた係官に、ちらっと目をやって菜緒が言う。

「それにしても、派手に散らかしたもんね」

美千香は腰に手を当てて、部屋を見回した。

「映画監督の部屋ですよね」

大部分を占めるDVDは時代劇に留《とど》まらず、洋画の名作もたくさんある。中には付箋《ふせん》が貼ってあるものもあった。

付箋の意味は分からないけれど、スティーブン・キング原作の『ショーシャンクの空に』やケン・キージー原作の『カッコーの巣の上で』などに貼られている。畑は違っていても学ぶものがあるにちがいない。

「見た瞬間に、これは泥棒に入られたんだって思いましたもの」

「四月くらいから、この辺りで空き巣が何件か発生してるのよ」

「刑事さんも多発してるって言ってました」

「だけど、空き巣と強盗殺人はちがうでしょう。犯人は別人かしら」

玄関が慌ただしくなった。

「主任、亀井さんの奥さん、亀井苑子《そのこ》さんが到着されました」

別の若い刑事が、四〇歳くらいの整った顔立ちの女性を伴っていた。亀井と対照的にスリムで華奢《きやしや》な体型だ。

苑子は遺体の元に駆け寄ると、

「嫌、嫌や、監督、目を開けて！」

と耳をつんざく声で喚《わめ》いた。

菜緒は胸が詰まって、涙が溢《あふ》れてきた。

美千香も唇を噛んで、ため息をつく。

「カザミンは、奥さんと会ったことあるの？」

囁《ささや》き声で美千香が訊《き》いてきた。

「いえ。ついこないだまで、時代劇の女優さんだったんで顔は知ってましたけど」

「そうなの。道理できれいだし、ご主人のことを監督って呼んでるのか。可哀想《かわいそう》で耐えられないよ」

「辛《つら》いですね」

ややあって、亀井の遺体がブルーシートに覆われて運び出される。遺体にすがりつく苑子はまだ何かを語りかけていた。

菜緒たちの前を通っていくとき、二人は亀井に手を合わせた。合掌する手が震え、昨日の演技指導をする亀井の姿を思い出すと、涙が頬《ほお》を伝った。

苑子が玄関まで遺体を見送ると、仲上が彼女を呼び止めた。

「奥さん、こんな時に申し訳ないのですが、この部屋は、ご覧の通り荒らされてます。なくなったものがないか、確認してもらえませんか」

「は、はい」

と苑子が再び奥へと戻ろうとしたとき、菜緒と目があった。

二人の姿に怪訝《けげん》な表情を浮かべたのを察知した菜緒が、名刺を持って進み出た。

「私、至誠出版の風見と申します。こちらはフリーの編集者、加地さんです。このたびはこんなことになって……」

菜緒と隣の美千香が頭《こうべ》を垂れた。

「至誠出版の風見さん……監督から、いえ主人から聞いてます。本を出版してくださるって監督、本当に喜んでました」

苑子は声を詰まらせ、手で口を覆った。

「今日、原稿をいただくはずだったんですが」

「そうでした。昨日家を出るとき、やっとお目にかけられるものができたと言ってました。クランクアップの緊張もあったんでしょうけど、興奮してました」

苑子の声に力がこもる。泣いてしまうのを懸命にこらえているのだろう。

「執筆はご自宅でされていたんですか」

「いえ、家にいるときは仕事はしませんので、ここでタブレットで書いてました」

「では、ここに原稿があるんですね」

「あの、風見さん。出版の話、なくなってしまうんでしょうか」

頬をハンカチで押さえながら、苑子は聞いた。

「いえ、そんなことはないです」

悲しんでいる苑子を前にして、上司と相談しますとは言えなかった。篤哉の作品の映像化に伴って、降って湧《わ》いた出版話だ。玉木が、利益の望めないドキュメンタリー本を出版するかどうか、分からない。

「よかった。監督、オフのときでも実家に行って、いろいろ調べたり、お父さんの遺品を持って帰ったり……それはもう熱心で。本当に世に出したかったんだと思います。よろしくお願いします、いい本にしてあげてください」

苑子は、そのまま前に倒れてしまうかと思うほど、深々と腰を折った。

3

菜緒が右京警察署から解放されたのは、その日の午後八時過ぎだった。警察官立ち会いの下で亀井の事務所をくまなく探したが、原稿もタブレットも見つからなかった。その後、右京署に場所を移し、昨夜亀井と別れてから遺体発見までの経緯を、何度も聞かれたのだった。

取り調べではないにしろ、長時間刑事と同じ部屋にいるだけで緊張しっぱなしだったことが、肩の凝り方で分かる。

警察署を出るとすぐ、母に電話をかけた。亀井の事件はテレビでも報じていたようで、

「心配してたのよ、第一発見者の出版社社員って、菜緒でしょう？　ほんと恐ろしいこと。で、あなたは大丈夫なの？」

と母は気遣ってくれた。

「ありがとう。発見したときは腰が抜けちゃった。でもいまは何が何だかよく分からない。奥さんが痛々しかったし、たぶんこれから実感が湧いてくるんだと思う」

「奥さんにも会ったの。それは辛いわね。菜緒、とても疲れた声してる。これからこっちに戻るの？」

「そのつもりだったけど、ちょっと疲れちゃって」

「それはそうでしょう。イッちゃんのことは大丈夫だから」

「ごめんね。今晩は加地さんの家に泊めてもらう」

美千香は署内で待とうとしたが、二時間はかかるという刑事の言葉で諦《あきら》めた。去り際に、遅くなったら今晩うちにきな、と言ってくれていた。

「そう、それなら母さんも安心だわ。加地さんによろしく言っておいて。それと、お薬、

持ってるわよね」

夫の暴力、そして離婚の後に心療内科にかかり、そのとき処方された安定剤の残り二錠を、お守りのように化粧ポーチに忍ばせている。

「うん。どうしても耐えられなくなったら飲む」

「そうしてちょうだい」

「分かった。一樹に代わって」

少し間があって、

「ママ、怖かった？」

一樹は変声期で声が割れていた。

「うん、とても。今晩、帰れなくなったの、ごめんね」

「警察に調べられてるんだ」

「調べられてる……そうね、取り調べじゃないけど」

「それじゃしょうがないよね。映画村のお土産、楽しみにしてる」

「分かった」

すっかり忘れていた。

「忘れてた？」

「そんなわけないでしょう。じゃあお利口にね」

菜緒はそう言って電話を切った。

美千香に事情聴取が終わったと連絡すると、赤い軽自動車で右京警察署まで迎えにきてくれた。

「お疲れさん。待たしてしまったね」

警察署の玄関口で待たせてもらったから、怖くはなかったけれど、あまり居心地のいいところでもない。そこでの二〇分は結構長く感じたが、

「全然」

と菜緒は笑顔を見せた。

美千香が借りている三条衣棚《さんじょうころものたな》の町家に着くと、六畳の居間のちゃぶ台の上に食事の用意がされていた。サワラの西京《さいきょう》焼き、万願寺《まんがんじ》甘とうと茄子《なす》の煮浸し、だし巻き玉子に納豆。

「原稿探しの途中で食べたっきりでしょう？　それともカツ丼《どん》でも出た」

「被疑者じゃないんですから、そんなの出ません。でもカツ丼って本当に出るんですか」

「ドラマだけでしょう、そんなの。それでも拘束時間からしたら、蕎麦《そば》くらい出してもらってもおかしくないわね。被疑者のワンランク下だけど、重要参考人さんなんだから」

「人聞き悪いですよ、美千香さん」

美千香流の慰めがありがたい。

「お味噌汁《みそしる》、温めるから待って。飲み物はビールでいいよね」

「手伝います」

菜緒は居間から、土間部分に用意してあるサンダルを履いて下りた。床は土ではなくコンクリートだ。

昔は炊事用のかまどがあったであろう場所に、シンクやガス台が設置してあった。いまは夜だから蛍光灯が灯《とも》っているが、大きな天窓があるところを見ると、昼間はそこから光を採るにちがいない。むき出しの黒い梁《はり》にも風情《ふぜい》があった。

「奥の冷蔵庫から缶ビールと、そこの食器棚からグラスをお願い」

「冷蔵庫は最新型なんですね」

「それ、大家さんの計らい。私が買ったのは炊飯器と電子レンジ、それに羽根のない扇風機。その他は備え付けで年季が入ってる」

「やっぱり京町家って不便ですか」

「リフォームされてるから、そうでもないかな。でもその少々の不便さが趣きなのかもよ。たとえばこの土間ね」

美千香は履いているサンダルで地面を叩き、ペシペシと音を立て、

「いちいち履き物履いて下りないといけないでしょう。この間、七輪を置いてスルメ焼いたわ。夏はさっと水を撒《ま》くと涼しいんだって言ってた。結構楽しめる」

「去年の秋ですものね、引っ越したの」

「そう、夏が楽しみ。ここね、玄関から裏庭まで土足のまま通り抜けられる。通り庭って言うんだけど」

「そうね。鰻《うなぎ》の寝床の正体ですね」

「そうね。考えがまとまらないときに散歩すると、なんだか整理されてくるってことない？　私は、歩いているときが一番頭が冴《さ》えてくるような気がする。それでも考えあぐむと、ビールを持って裏庭に出るのよ。夜風に当たったり月を眺めたりしてね」

「で、いい心持ちになるんですよね」

「そう、結局何もかも忘れて、ケセラセラ。発想の違う、いいアイデアがひらめくのよ。後で見せてあげる」

「敷地の中でのお散歩か、いいですね」

「狭い庭だけど、そこが世界。なんて、詩人でしょう？」

二人は卓袱台《ちゃぶだい》につき、遅めの夕食を摂《と》った。

美千香は長い髪を頭の上へ持ち上げ、テールクリップで留めた。本格的に飲むぞというサインだ。

卓袱台に空のビール缶が載らなくなった頃、美千香は資源ゴミ用のビニール袋にビール缶を捨て台所に下りた。そして今度はガラス製の急須《きゅうす》に氷水を入れて持ってくると、そこに真鍮《しんちゅう》の茶筒から緑茶を二匙《さじ》投入した。

「冷たい水に茶葉ですか」

「出ないって思うでしょう?」

「いえ、やったことがないだけで、体にいい成分が出るってテレビで視《み》たことあります」

「さすが情報のアンテナ、張ってるね。ちょっといいお茶を近所のお茶屋さんに買いに行ったのね。そこにこれが置いてあって」

表面に水滴がついた、ガラスの急須を持ち上げた。店の女将《おかみ》から、夏のお茶の楽しみ方を教わったのだそうだ。

「実践してみたら美味《おい》しかったんですね」

「甘みがあって、免疫力を高めるビタミンCとエピガロカテキンが摂れるし、アルコールを飲んだ後はさっぱり、爽《さわ》やかよ」

三〇分から一時間ほど待った方がいいと言われたけれど、美千香はもっぱら五分と決めているという。

ビールグラスに注《つ》がれた冷茶は透明感のある新緑色だった。菜緒はゆっくり口に入れて味わってみた。

「甘いです。うま味も効いてる」

「ねっ、五分でも、充分いけるでしょう」

清涼感が心地よく、菜緒はごくごく喉《のど》を鳴らして飲んだ。

「お陰で、だいぶん落ち着いてきました」

これまでたわいのない話をして事件に触れなかったのが、美千香の気遣いだと菜緒は分かっている。

「無理しないでいいよ。一生に一度、あるかないかだものね、殺された知り合いの遺体発見なんて。いえ、普通はあり得ないことなんだから。話したくなかったら、そう言って?」

「もう、大丈夫です」

「分かった。じゃあ訊くね、死因は何だったの?」

「頭部を鈍器で殴られた後、首を絞められてたそうです。で、鈍器は事務所にあった木刀だったって、事情聴取の際刑事さんが言ってました」

「首を絞めたのは素手?」

「腕で絞めたようだって。かなり強く殴られて、気を失い、とどめで首を絞めた。監督、体が大きいから素手では敵《かな》わないと思ったんだろう、つまり女性でも犯行は可能だったかもなんて言うんですよ」

「なるほどね、だから長時間事情聴取されたって訳か」

「でも、失礼ですよね。か弱い女性つかまえて、殴った上に首を絞めたかもしれないなんて疑うの」

「まあまあ、それが刑事さんの仕事だから。でもアリバイは証明できたんでしょう?」

「明日、打ち上げに参加した人たちに確認するって言ってました。午後二時から午前二時までのアリバイを」

「死亡推定時刻よね」

「そうです、興味あるんで尋ねたら、体温とか、硬直状態、あと死斑《しはん》、そういった情報から死後八時間から一一時間だと判断したんだと言ってました」

解剖結果が出れば、胃の内容物などでもう少し絞れると仲上から聞いている。

「刑事さんは、実際のところこの事件をどうみてるの? 本気でカザミンを疑ってる訳ないものね」

「お財布と、ブランドものの腕時計とタブレットがないって、奥さんが言ってたの聞いてましたよね」

「もちろん、耳をダンボにしてたから」

「仲上刑事は強盗殺人だと思ってるみたいです」

「亀井監督の原稿がないって言ったら、どんな反応だった?」

「あまりピンとこない感じでした」

「どうして、なぜ? おかしいじゃない、原稿を盗むなんて」

美千香が怒ったような声で言った。

「私も、言いましたよ、有名な作家の手書き原稿ならいざ知らず、亀井監督のプリントアウト原稿なんてお金になりませんって」

「タブレットごと盗んだとすると、強盗の目的はほぼ亀井さんの原稿ってことになるわよね。どうして仲上刑事はそこに動機を見ようとしないのかな」

「原稿こそ、犯人の目的だったんじゃないですかって言ったんです。それじゃその原稿の内容を教えてくれって」

菜緒は亀井から聞いている概要と「一章、なぜ、父は死んだのか。二章、まとわりつく戦後の悲劇。三章、父の墓標は、乙女の碑——」という章立てを仲上に話した。

「それを聞いたら、彼も興味を持ったんじゃないの」

「原稿は自宅ではないか、と奥さんに探してもらっているし、自宅と事務所のパソコン、もしくはUSBメモリに残されているんじゃないかと」

「探してはいるんだ」

「みたいです。ただ私が受け取るはずだったってところを分かってもらえれば、自宅でもパソコンの中でもなく、プリントアウト原稿が事務所にないとおかしいという私の主張も理解してもらえるんですけど」

「理解してないんだ」

「それどころか、これは現実に起こった事件だって。推理小説の読み過ぎか、ミステリードラマの見過ぎだって鼻で笑ったんですよ、仲上刑事は」

思い出すと腹が立ってきた。

「まあ刑事さんの言うことも分からないではないけど。金品がなくなってるんだから、常識的には物盗《と》り目的で侵入して、たまたま監督と出くわしてしまって、そこにあった木刀で殴って……殺してしまった。原稿が見当たらないなんてことは、思い違いとか勘違いなんだろうってね。編集者じゃないと原稿といったって、それほど重視しないんじゃない？」

美千香が、グラスについた水滴を頬に当てる。ほのかに赤らんだ顔は菜緒から見ても艶《つや》っぽい。

「それにしても……だって、おかしいじゃないですか。なければならないものが、ない、なんて」

「奥さんが探してる、その結果を待った方がいいわ」

「そりゃ私だって、本気で原稿のために人殺しなんてするとは思ってないですよ。でも、私を疑う前に、聞いてほしいですよ」

「だから、それはカザミンが編集者だからなのよ。ただ、監督がクランクアップの打ち上げで、中座してまで行かなければならなかった急用っていうのは気になるけど」

「そうですよ。打ち上げの前に、監督、今夜しか時間が取れないようなんでって言ったんですから」

「そんな大事なこと、私、聞いてないけど？」

「え、そうでしたっけ」

「それって、どう考えても人に会う約束じゃないの」

「そう私も思いました」

「警察で、それ言った？」

「もちろんです。誰と会う約束をしてたのか調べるって」

「うーん。もしその相手が犯人だったら、当然顔見知りよね。強盗は偽装ってことになる。その原稿の中に、犯人にとって都合の悪いことが書かれてあったのかな」

美千香は、亀井の父親が自殺したことと関係があるのだろうか、とつぶやいた。

「ほら、原稿が関係してるって思うでしょう」

「強盗でないとすればね」

「お金になるものだったって可能性もあるんじゃないですか」

「その場合も、カザミンより原稿の内容を知ってるってことになる。かなり親しい間柄だった……そうだ、確かあのマンション防犯カメラあったよね」

編集者として観察眼の大切さを後輩に説いてきた美千香は、少しでも早く菜緒の顔を見たくて慌てていたからカメラの位置を見てなかった、と悔しげに茶を飲み干した。

「マンションの入り口付近に防犯カメラが設置してあったようです。警察は、カメラ映像は明日にでもすべて当たるみたいです」

「じゃあ、すぐに分かるじゃない、カザミンの潔白と怪しい人物の正体が」

幾分ほっとした表情を浮かべ、美千香が菜緒の空いたグラスにお茶を注いだ。

4

菜緒は、泊めてもらったお礼に、朝食のパンケーキとかぼちゃの冷製スープを作った。一樹の好物で、暑い季節の定番だった。

美千香も気に入ったようで、パンケーキを三枚も平らげ、スープもおかわりした。食後のコーヒーを飲んでいると、菜緒のケータイが鳴った。出てみたが、覚えのない番号なのでこちらからは名乗らない。

「あの、至誠出版の風見さんでしょうか。私、亀井の家内です」

苑子の声は弱々しかった。

「奥さん」

かける言葉が思いつかなかった。

「あれから家の中を探したんです」

「あっ、それで、原稿は見つかりましたでしょうか」

菜緒は目の前に座る美千香に「お・く・さ・ん」と唇だけで伝える。

「いえ、お渡しする予定だった第三章の原稿は、いまのところ見つかってません。ですが、資料が出てきました」

「資料ですか……」

菜緒が受け取ることになっていたのは原稿だ。

「それを読めば監督がどんな本にしようとしていたのか分かると思うんです」

「そうですね」

「どうか、本を作ってやってください」

苑子の強い口調に、

「あの奥さん、私は編集者なので、原稿がないと本を作ることはできません」

と菜緒は慌てて言った。

「資料を見ると監督の熱い思いが伝わってきて……私、どうしても」

嗚咽《おえつ》が漏れ、握りしめたケータイの軋《きし》む音が聞こえた。

「奥さん、申し訳ありません」

「全部は見てないんですけど、資料の中には、お父様の書いたものもあるんです」

「監督ご自身が書いたものがありませんと、やっぱり。それを形にできるのは編集者ではなく、ライターの仕事なんです」

「ちょっと、カザミン？」

と囁き、美千香がメモを菜緒の目の前にかざした。菜緒の受け答えから、苑子の話の内容を摑んだのだろう。

メモには『資料、見せてもらいましょう。私にアイデアあり！』とあった。

美千香の目には力が籠《こ》もっている。

「では奥さん、資料を拝見させていただきます。その上で出版可能かどうかの判断をさせてください。それでいいですか」

「ありがとうございます。ただ資料の方がかなり大量に段ボールに入ってまして」

「こちらが伺います。ご自宅はどちらでしょうか」

「新熊野《いまくまの》神社はご存知《ぞんじ》でしょうか」

「新熊野神社、ですね」

美千香に聞こえるように復唱した。

美千香が指でオーケーだと示すのを見て、

「神社が目印なんですね」

と尋ねる。

「その向かいにある『フィオーレ今熊野』というマンションの三階、三〇七号室です」

「神社の向かい、分かりやすいですね。では……」

美千香を見ると指を三本立て「これくらいで行ける」と小声で言った。

「ここから三〇分ほどで行けると思いますが」

多少時間がかかったとしても、午後三時台の新幹線には乗れるだろう。

「ご足労をおかけしますが、よろしくお願いします」

電話を切るのを待ち構えていた美千香が、

「ドキュメンタリー本を作るドキュメンタリーっていうのを思いついたのよ」

と言いながら、グレーのスカートに着替えて洗面所へ立った。菜緒も一緒についていき歯磨きをする。ホテルの歯磨きセットは使わず、トラベルセットをいつも持ち歩いている。

「美千香さんのアイデアって、事件を踏まえた本にするというものなんでしょう？」

歯ブラシをくわえたまま聞く。

「そう、よくぞ見破ったわね。古都で殺害された映画監督の無念、残された未完のドキュメンタリー。いい感じの惹句《じゃっく》じゃない？」

美千香は顔を洗って化粧をし始める。

「そんなこと……」

「カザミンはテレビ見ないの？　二時間の推理ドラマでは、やたらに京都で起こる殺人事件が多いのよ。それだけ京都って妖《あや》しさを秘めてる証拠。現に私がその魅力に取り憑《つ》かれて、こんな京町家を借りてるんだから」

「そんな、人が亡くなってるのに」

「不謹慎だと思うカザミンの気持ち、私だって分かるし、同じ気持ちよ。でも監督さんの奥さんの思いは、出版してほしいんでしょう？　なら、そのための方便だって割り切るべきだわ」

「方便ですか」

「そう。事件のレポートを冒頭に少し入れるだけでいいのよ。本編は監督さんの残した文章を編集すれば、迫真のドキュメンタリーに仕上がる。この仕事、私が受けてもいいわよ」

「ほんとですか。でも、『縁切り本』の続編で忙しいんでしょう」

京都の縁結びの社寺には、必ずと言っていいほど正反対の縁切りの作法も伝わっている。そこに目をつけた美千香が、東京の出版社に持ち込み、動き始めていた企画だった。しかし、出版不況の煽《あお》りを受けて会社が倒産、一時は頓挫《とんざ》していたものだ。美千香はフリーの立場で出版までこぎ着けた。インバウンド景気で外国人観光客が溢れかえる京都を、むしろ敬遠する国内旅行客が増えつつある。その現状を憂う旅行会社を説得し、タイアップすることで先月ムック本として出版を実現したのだった。ブラックな印象を持つ本だが、発売されるやネットなどで話題になって、重版がかかった。これに気をよくした旅行会社が、実際に縁切りに成功した読者の声を集めた事例集なるものを出したいと言い出したのだ。

「時間は、自分で作るもの。大丈夫よ」

と、美千香は少し濃い目のメイクを完成させ、微笑んだ。

「じゃあ、資料を見せてもらって、美千香さんにお願いできるレベルのものかどうか確かめてから、玉木さんに相談するということで、いいですか」

「押しが弱いとダメよ。玉木さん、強い女性嫌いじゃないから」

美千香も以前は、至誠出版の編集者で、玉木の元で働いていた。後輩の菜緒から見て、二人のコンビネーションは巧《うま》く行っていると思っていた。なのに突然、美千香は至誠出版を退社してフリーとなったのだ。結婚を決めていた男性との破局が原因であることを菜緒は知っている。しかし私生活を仕事に持ち込まないことを信条にしていた美千香は、関係ないというスタンスを貫いていた。

「分かりました、押してみます」

菜緒も化粧ポーチを手にする。

「そうだ、ちょっと聞きたいことがある。受け取ることになっていた原稿のことなんだけど、第三章だって言ってたわよね」

「そうですけど」

ファンデーションを塗りながら、答える。

「それじゃ一章、二章はどうなってるの？」

「亀井さんには、三章から書いてもらったんです」

「そうなの。まあ、その辺りのこと、車の中で聞かせてちょうだい」

美千香は身支度を整えると、玄関で車のキーを手の中で弾ませて待つ。

菜緒も急いで支度した。

車に乗ると、エアコンの設定温度を二五度まで下げてから発車させた。気温よりも高い湿度対策だという。

「で、どうして三章から？」

狭い路地からやや広い道にでたとき、美千香が訊いてきた。

「時間軸に沿って冒頭から書いていった方が書きやすいでしょう。でも亀井さんは、極端に言えば、どこからでも書けるところから書くって感じなんです。ドラマを撮る感覚に近いんです」

「なるほど。確かにドラマだったら、いきなりクライマックスシーンを撮ったりするもんね」

「そうなんです。それで亀井さんの構想は、一つはお父様、将史さんの自殺の真相に迫ること、もう一つは郷土の集落に残る悲しい戦争の爪痕を浮き彫りにすること、そしてさらに、お父様がやり残したことを引き継ぐ自分という三章立てで綴るというものでした。それを聞いて、可能ならクライマックスから読ませてほしいと頼みました」

章立てと各章のタイトルを菜緒に見せてくれたときの、亀井の真剣な表情を思い出すと、死んでこの世にいないのが信じられなかった。

「監督が五〇歳なんだから、お父さんの年って存命なら七、八〇歳よね」

「お父様の誕生日は聞いてます」

菜緒は愛用のB5サイズのシステム手帳をバッグから取り出して、続ける。

「えーと、昭和二一年一一月三日、終戦の翌年ですね」

「なら、戦争を知らない子供たち、じゃない？」

「それって歌の題名ですよね。うちの母が、紛争のニュースとか見ると、その後よく口ずさんでます。中学生の頃に流行《はや》ったんだって。どうしてそんな古い曲、知ってるんですか」

「えっ、まあ、それはどんなことにも敏感でいないといけないのが、編集者だからよ、まあそれはいいとして、その戦争の爪痕ってどんなもの？」

美千香がお茶を濁したように、菜緒は感じた。

「監督のお父さんは、その父親、お祖父《じい》さんから聞いた話に基づいて、いろいろ調べてたようです。お祖父さんの名前は次郎《じろう》さん。終戦時二九歳で、満蒙《まんもう》開拓団って聞いたことありますか？」

「満蒙って満州のことでしょう。いまの中国の東北部、ハルピン周辺と内モンゴルの東辺りのことよね」

「そうです、日露《にちろ》戦争に勝ってロシアから南満州を租借したんです」

「そうね、そして満州事変で、日本が満州全域を占領し、満州民族の国である清朝《しん》の最後の皇帝、あの映画『ラストエンペラー』の主人公、愛新覚羅溥儀《あいしんかくらふぎ》を担ぎ上げる。その満州国を開拓するために日本からの入植者が大勢いたってことね」

「さすが民俗学者の箱入り娘。あれ、民俗学とは関係ないですか」

「その満蒙開拓団がどうしたの。話を巻いてくれる、新熊野神社に着いちゃうから」

「すみません。亀井監督のお祖父様の村の一集落が戦前に、その満蒙開拓団として入植していたんだそうです。ソ連の侵攻、日本の敗戦で満州国が崩壊して、日本人はソ連軍と中国の人の反撃とで……」

「サンドイッチ状態、か。中国の人の不満も鬱積《うっせき》してたでしょうから、もの凄《すご》い怒りとなって押し寄せてきたんじゃないかしら」

「監督はまさに地獄絵図だったんではないかって、おっしゃってました」

攻守が逆転したとたん、これまで受けてきた仕打ちを何倍にもして返そうと思うのが戦の常だ、と言ったときの亀井の険しい表情を思い出した。

「戦争、それ自体が地獄なのに、それが一応終わった後も地獄だなんて、何のために満州に渡ったのか分かりゃしない」

みんな幸せを求めていたはずなのに、と美千香がため息をつく。

「あまりの恐怖に、集団自決の道を選んだ入植者が大勢いたんだそうです。とくに女性はソ連軍の兵士から辱めにあう前に薬をのんで……」

実際に熊本からきた開拓団二七〇余名が集団自決したという悲報も、集落の人間には届いていたのだという。

「ああ、戦争ってほんと嫌っ。結局犠牲になるのは武器を持たない一般人だもん。狂った為政者が、勝手に始めたゲームに巻き込まれるのはごめんだわ」

美千香は大きな声を出し、地球は人類だけのものではないのに、勝手に弾薬や爆弾を炸《さく》裂《れつ》させてものを破壊し、生きとし生けるものの命を奪う思い上がりは許せない、とハンドルを叩いた。

「そんな中、村の開拓団を束ねていた亀井次郎さんは、何とか集団自決だけは避けたいと思いました。それで、ソ連の兵士と交渉したんです。その内容が凄《すさ》まじいんです。飢えをしのぐための食糧の調達と、暴徒化した中国の人から自分たちを守ってほしいと、なんとソ連兵に申し出たと言うんです」

「そんな馬鹿な。襲ってくるのはソ連兵も同じじゃない」

美千香が声を上げたように、亀井の話を聞いたとき菜緒も頓狂《とんきょう》な声を出した。

「私も無謀だって思いました。ですが、よくよく考えてみると、暴徒化した中国の人に対抗できるのはソ連兵しかいない、と判断したんでしょうね。自決を回避するにはその方法しかないのかもしれません」

「あえて鯨《くじら》のお腹《なか》の中に飲まれるシャチの戦法か」

お腹を突き破って、鯨を仕留める、と怖い目で菜緒を一瞥した。

「お腹を突き破ることはできませんでしたが、生き延びて引き揚げ船に乗ることができたので、作戦は成功したと言っていいです。ただそこには大きな犠牲が……」

「ソ連兵も、無償で引き受けてはくれなかったってことね」

「ええ、見返りが必要でした。それも若い女性です」

「ちょっと待って、女性を差し出したって言うの」

ちょうど信号が赤になり、東山《ひがしやま》通の横断歩道で車を止めた。強くふんだブレーキの振動が、これまでよりも大きかった。

「二九世帯の命と引き替えに犠牲になった……」

言葉にすると、急に腹立たしさが襲ってくる。

「辱めを受ける前に自決した女性が多くいたのに、意味が分からない」

美千香が、今度は強くアクセルを踏み込む。

「未婚で、二〇歳以上の女性が『お接待』役に選ばれたんだそうです。その事実を知った将史さんは、役場の人間として村史に残すべきだと調べ出したようです」

しかし当時を知る者の口は堅く、誰一人口を開かなかったという。次郎が箝口令《かんこうれい》を敷いたのだ。

「女性の性接待のお陰で、生きて戻れたなんて、男尊女卑の考え方が色濃かった時代だから、絶対に認めたくないわよね、男性どもは。次郎さんは、自分の息子の将史さんにも喋《しゃべ》らなかったのかしら」

「その辺りは聞いてないんです。たぶん原稿では触れるはずだったと思うんですが。ともかく、自殺したお父さんの遺品を整理して、いま言ったような事実を監督は知りました。それで、お父さんは慰霊碑みたいなものを村に作ろうと奔走してたんですが、頓挫した。それが『三章、父の墓標は、乙女の碑――』でした。頓挫した事業がお父さんの自殺に関係あると踏んで、ドキュメンタリーを書き出したという訳です」

「そしてその真相が書かれているのが第三章ってこと？」

「私としては、お父さんの死と乙女の碑とがどのように結びつくかがキモだと思いました。だって一見バラバラに見えていたパーツが、三章でがっちりと嵌《は》まってくれないと面白くないでしょう？　だからその部分が上手く書けていれば、その他はどうにでもなりますから」

説明の順序や描写、文章表現などは、編集でいくらでも手直しがきく。そんなときのためにゴーストライターは存在するのだ。俳優やタレント、スポーツ選手、企業の社長などの書き手にはその著者しか体験していないこと、またそのキャラクターだから言ってウケる言葉がある。それさえ引き出すことができれば、誰も文章表現を気にしてなどいない。だから、個性的な文体ではなく、誰の語り口調にでもなれる器用なライターが重宝された。ベテランの編集者になれば、そんなゴーストライターの文章も見抜けるようになる。菜緒はまだ無理だが、玉木はおおかた言い当てた。

「第三章が上手く書けていたら、個人的な自殺から戦争の悲劇まで広がる、一級のドキュメンタリーに仕上がる。カザミンの言う通り、確かにキモだわ」

「その辺りのこと、監督も分かっていて、先にそこから書き始めることに賛同してくれたんです。元々、原稿のまとめ方として映画のシーンを撮るような感じだから、大団円を先に書くのには抵抗ないって」

「そう。その大団円が見当たらないのは痛いわね」

「ほんとうに、痛いです」

上手く書けていたら、八月の終戦記念日が近づくタイミングで、懇意にしている書店でプロモーションを展開してもらってもいいと思っていた。篤哉の時代劇がオンエアされるのが同じ頃だからだ。

「監督の家まで、もう五分もかからないから、一、二章の構想もざっと聞かせて」

「分かりました。第一章は亀井監督がお父さんの自殺を知るところから始まります。二八歳のとき、東京で貞長竜《さだながりゅう》の助監督をしていたんです。お父様が自殺されたのはちょうどその頃でした」

二二年前の一二月二八日、母親から知らせを受けて、故郷の京都府中郡M町T村（現京丹後市M町）に飛んで帰った。前日に役場を早退したはずが家に戻らなかったため、駐在所の巡査と役場の人間らで探していて、竹野《たけの》川の畔《ほとり》の雑木林で首を吊っているところを発見されたのだという。死亡推定時刻は、一二月二七日の凍《い》てつく夕方から夜にかけてだと分かった。

遺書らしきものが、オーバーコートのポケットにあり、自殺に間違いないということになったそうだ。

「その遺書らしきものって分かるの？」

「ええ」

菜緒は手帳を繰り、

「監督から聞いたのは『遅くなったが天女の娘の元へ行く。こうするしかないんだ、許してくれ』という文面だけです」

「それだけ？」

「だと思います。こんなもんじゃ納得できないって、監督、ずっとモヤモヤを抱えてたみたいですよ」

「当然だわ。天女の娘だなんて、そんなファンタジーみたいなこと書かれても、何のことだかさっぱり分からない。あっ、そうだ、京都府中郡M町T村って天女伝説で有名なところだわ。ほら私、鼓をかじってるじゃない」

　昨年の夏から秋にかけて、伏見《ふしみ》稲荷《いなり》神社の近くに住む作家にまつわる事件の暗号を解くのに、能楽の囃子《はやし》、小鼓の打ち方がヒントとなった（『茶碗《ちゃわん》継ぎの恋』参照）。それを機に興味を持った美千香は、いまも囃子方の先生の元に通っているという。鼓を打つと、気分が落ち着くのだそうだ。

「続いてますね」

「そう、気の多い私にしてはね。まあ、それはおいといて、能楽にもあるのよ、天女を扱ったのが。『羽衣《はごろも》』っていうんだけどね。物語の舞台は静岡の三保《みほ》の松原。だけど、丹後《たんごの》國風土記《くにふどき》にも『羽衣』伝説はある」

　と美千香は言った。

「丹後なら、確かに監督の故郷の方面ですよね。遺言と関係あるんでしょうか」

　亀井が篤哉の原作にはない技名を『逆風天ノ羽衣』とし、それをタイトルにしたのは、彼の意識が羽衣伝説に向いていたからなのかもしれない。

「その辺も、亀井さんは調べてるんじゃない。カザミンは聞いてないの？」

「ええ」

「まあそれも資料を見てからってことか。続けて？」

「監督は、お父さんの自殺に疑問を抱いていたんですが、ちゃんと調べる時間がなかったんだそうです。それが四年前、お母さんが病気で倒れられ、病院のベッドでお父さんの話が出たんだそうです。そして自殺の原因について、『お父さんは、自分が許せなかった』と言ったんだって」

その意味を聞いたが答えてくれず、母、清子《きよこ》は息を引き取った。

「それからお父さんのことを調べ出し、その集落の悲劇とか乙女の碑を作る計画を知ったってことか」

「ドキュメンタリーとして充分成り立つ内容だと思うって。出版した後、映像にする意欲ももってらしたんです。資金の問題があるけれど、本にすれば何とかなるかもしれないとも」

妙に明るい亀井に対し、出版してもドキュメンタリーは売れない、と菜緒は釘《くぎ》を刺した。過剰な期待は、大きな落胆につながるからだ。

「それについては、どうって？」

「出版不況は承知してますよと、笑ってました」

「本当に分かってるのかしら」

「で、自殺の一報、病床の母親の言葉、そして調査を開始し、どうやら戦前から戦後にかけての戦争の爪痕がT村にあることを知った。そこまでが第一章。第二章では、その悲劇がどのようなものだったのかをお父さんの残した資料から、浮き彫りにするという話でした」

「第三章で、自殺と悲劇が結びつく。なかなかの構成ね。確かにドキュメント映画としても成立させられそうだわ。さあ着いた、亀井さんのマンション。ここへ駐《と》めてもいいわよね」

　左ウインカーを出すと、素早くマンションの前面にある駐車場へと入る。五台分のスペースがある、お客様専用のプレートがついた場所に車を駐めた。

　玄関の前のインターフォンで三〇七号室を呼び出し、苑子にマンションに着いたことを告げてオートロックを解除してもらう。エレベータで三階まで上がって、突き当たりの部屋が亀井の自宅だった。

　部屋の前に着いたとき、二人の気配を感じたのだろう、開いたドアから苑子が姿を見せ、

「本当に無理を言ってすみません」

　とお辞儀した。

「いえ。それより奥さん、大丈夫ですか」

大丈夫であるはずはないと思いつつも、そう声をかけずにいられなかった。寝不足の上に泣き腫《は》らしたのであろう苑子の顔が痛々しい。

「いまは……」

苑子は小声で言うと、菜緒たちを応接間に請じ入れた。

テーブルの上にはすでにカップと茶菓子が、二つ用意されていた。美千香と一緒にくることを予想していたようだ。

「どうぞ、何もお構いできませんが」

「とんでもないです。お気遣いなく」

菜緒と美千香はソファーに腰を下ろす。

苑子はテーブルの上のコーヒーメーカーのサーバーを手にすると、二人のカップにコーヒーを注ぎ入れた。彼女の傍らの床には、段ボール箱が置いてある。亀井が残した資料にちがいない。

「早速ですが、そこにあるのが資料ですか」

コーヒーを一口啜《すす》ると、菜緒が尋ねた。

「はい、そうです。ただ、やっぱり監督が書いたものは、メモ程度のものしかありませんでした。ほとんどがお父さんの手による文章です。他はご友人や仕事関係の方からの手紙とか。でも主人のメモを読むと、この仕事に真剣に取り組んでいたんだなって伝わってきて、風見さんに連絡してしまったんです」

苑子は、段ボール箱の蓋《ふた》を開いて、シナリオ用の二〇〇字詰め原稿用紙を数枚取り出し、テーブルの上に置いた。

「あの、こちらは昨日も紹介したフリーランスで編集をしております加地さんです。もし出版ができることになりましたら、京都でのやり取りが多くなりますので、亀井監督の本の編集、足りない部分の執筆をお願いしようと思っています」

菜緒の紹介で美千香は、

「風見の方から大方のことは伺っています。第三章の原稿が見つからないのは残念ですが、今日拝見する資料などから、何とか亀井さんの意志に添うものをと考えておりますので、よろしくお願いします」

と改めて頭を下げた。

「ありがとうございます。監督も風見さんに原稿を見せるのを楽しみにしてました。自信があったんだと思います。滅多に仕事のことも、誰に会うかも言わないんですが、クランクアップのことより、風見さんの反応を気にしてました。原稿、もっと落ち着いて探せば、見つかるかもしれないんですが」

書き物をするとき、資料を見ながらメモを取り、構想が固まればタブレットで執筆するのが監督のスタイルだったから、やはりタブレットの中ではないか、と苑子は言った。

「そのタブレットもなくなっているんですものね。他のメディア、例えばUSBメモリーとかマイクロSDカードとかに保存されてないですか」

菜緒が訊いた。

「一応、全部見たのですが……原稿が完成すると、家か事務所のパソコンに保存してたと思います。今回の本の題名は、『乙女の碑』ですよね。もう一度確かめてみます」

「こちらの作業と並行して探してもらえると嬉しいです。事務所のパソコンは警察が調べてるでしょうし、もう一度刑事さんに掛け合って、原稿が見つかったら知らせてもらいます」

「風見さんは、刑事さんにも監督の原稿がないことを訴えてくださったんですね。刑事さんが、監督の原稿はそんなにお金になるものなのかと私に聞いてきました」

「得にもならないものを盗むのはおかしいですからね」

菜緒は、刑事に対する不満が湧き起こったが、苑子に言うことではないと、コーヒーと一緒に言葉を飲み込んだ。

「風見さんは、強盗ではない、と思っていらっしゃるんですか」

苑子は自分のマグカップを手で包みこんだ。

「単なる強盗とは思えません。他にも原稿がありました。それらは残っているのに、変です。面白い原稿に出会ったら持って出てしまうかもしれないのは、私たち編集者くらいです」

「犯人は原稿を読んだんでしょうか」

苑子の真顔を見て、

「すみません」

不謹慎だったと菜緒は思った。

「謝らないでください。確かに風見さんがおっしゃるように、お義父《とう》さんの自殺の真相に興味を持つのは監督と風見さん、もしくはこの本に関《かか》わる人だけだろうなと思います」

たとえ、原稿に書いてあることが、犯人にとってとても都合が悪いとしても、もう二二年も前のことだ、何も殺さなくてもいいのに、と苑子は声を震わせた。

「それで思い出したんですが、あの日の夜、亀井さんは誰かと会う約束をされてたみたいなんですけど、ご存知ですか」

そう菜緒は尋ね、

「今夜しか時間が取れないようなんで」

と、亀井が相手を慮《おもんぱか》ったことを口にしたのを苑子に話した。

「いえ。あの日も電話で話しました。風見さんと会うことしか聞いてないです。そもそも執筆中の原稿の打ち合わせより優先するなんて、信じられません」

「口ぶりでは、どうしてもあの夜に会わないといけないという感じに思えました」

「ちょっと待ってください。予定表を見てみますので」

苑子は部屋を出て、まもなく赤い手帳を手に戻ってきた。

「これは私の予定を書き込んだものですが、彼の予定も書き込んでます」

メタボリックシンドロームを注意され、外食時にどんなものを食べたかを記録し、摂取カロリーを管理する目的もあるのだそうだ。

手帳を開くと、

「昨夜は撮影終了後の打ち上げ、一次会の後に風見さんとの打ち合わせとあり、三次会に合流となっています。二次会の間に打ち合わせをする予定だったんですね」

と言った。

「他の日に会う約束の方がいて、急に日時を変更したのかもしれませんね。イレギュラーだった」

「ええっと、その前後の日付で会う約束は、豪ちゃんくらいです。あ、三松豪という俳優です」

苑子が見ていた手帳を閉じた。

「三松さんなら、一次会におられましたし、話があるのなら、そのときにできますね」

「だと思いますけど……」

苑子の浮かぬ表情が気になった。

「何か気になることがあるんですか」

「豪ちゃんは、今年の春くらいからずっと、話があるんで時間をとってほしいと監督に言ってきてるんです。込み入った話なんじゃないかしら」

「打ち上げでできるようなものではないと、おっしゃるんですね」

「豪ちゃんと監督は長い付き合いなんですが、このところ意思の疎通が上手くいってなくて」

思うところがあって一度きちんと話したい、と三松が言ってきていたらしい。

「たった一度、それも数時間しか撮影現場を見ていない者が、こんなことを言っていいのか分かりませんが、監督の三松さんに対する接し方が厳しいような気がしました」

「……それについては、他の方からも、よく指摘されているみたいです」

いじめではないのか、あるいはパワハラでは、と撮影を見学しにくるスポンサー等から問い合わせがあったと、笑っていたのだそうだ。

「笑っていた……亀井監督には、そんなつもりはないってことですか」

苑子はうなずいた。

「失礼な言い方をしますが」

そう断っておいて美千香が、

「ハラスメントをされている側との、受け止め方の違いがあるのではないですか」

と穏やかな口調で言った。

「それは、私も感じていて、監督に言ったことがあるんです。そうしたら、彼には叱《しか》られ役を買って出てもらっているんだと言うんです」

「プロデューサーの小金沢さんも、そのようなことをおっしゃってました。その場がピリッとするんだって」

菜緒が二人の話に割って入る。

「豊子さんですね。優秀な方です。あの人が言っているのなら、やっぱりそういう役目を担ってもらっているんじゃないですか。なので、豪ちゃんがしたい話というのは、監督への不満とかそんなことではないと思います。もっと深刻なのかも」

苑子の顔つきが、いっそう暗くなった。

「心当たりはないんですか」

菜緒が訊く。

「これは憶測なので、ここだけの話にしてください。借金のことではないかと思います。私には言いませんが、監督がお金を融通してる節があるんです」

「お金、ですか」

菜緒が顔をしかめたのは、良好だった作家との関係がお金のことで悪化して、頭を抱えた先輩編集者を何人か知っていたからだ。

「監督が言わない以上、豪ちゃんに確かめる訳にもいきませんしね」

「それはそうですね。では、監督の残された文章、見せていただけますか」

菜緒がテーブルの原稿用紙に目を落とす。

「どうぞ。いえ、よろしくお願いします」

苑子は、テーブルの上で一度トンと原稿を整えてから、菜緒に差し出した。

5

『乙女の碑〜覚え書き1』——父の訃報《ふほう》から葬儀の状況。田舎の因習を醸し出す登場人物として村長とその他大勢。俺と父、母との距離感を会話から読者に伝える——。

父、亀井将史は、私が二八歳のとき、突然自らの手でこの世を去った。二二年前のことだ。月日の流れるのは早く、今年気づけば父の年齢に追いついた。東京で映像監督を目指し助監督としてがむしゃらに頑張っていたときに、訃報が届き、自分でも何が何やら分からないうちに荼毘《だび》に付され、父の身は完全にこの世から消えた。火葬場の待合室で母と待つ間、悲しみよりも怒りが込み上げ、係の人に声をかけられるまで歯を強く嚙みしめていた。

家に戻ると、村人が大勢押しかけてきて、傷心の母に寿司《すし》や酒の肴《さかな》を用意させた。母は飲まず食わずで接待し、ほとんどの時間を台所にいた。

私は長男として、そんな母をねぎらわなければならないはずだった。にもかかわらず、身勝手な村人の振るまいに従順に従っている母の姿に言いようのない苛立《いらだ》ちを覚え、なぜ父は自死したと詰問し、一緒に暮らしていて気づかなかったのかと責めたのだ。

苛立ちの原因は、自分でも分かっていた。いくら忌引《きび》きといえども、当時の私は現場を離れることのリスクを考えていたのだ。病気でならまだしも、選《よ》りによって自殺など、嫌がらせのように感じてさえいた。

助監督は、その仕事の習熟度に合わせてチーフ、セカンド、サード、場合によってはフォースまでの段階がある。映画を撮るためのあらゆる準備をするのだ。下働きを経験し、やっとサードという段階まできていた。そして数日前から、憧《あこが》れの撮影の終始を告げるカチンコを打つ役割を担うはずだったのだ。

「予兆があったはずだ」

「その話、いまはせんといて」

と母は険しい表情のまま、酒の肴をつくる手を止めない。

「そんなの放っておけよ。誰も泣いてやしない」

「失礼は許さへんよ」

小学校の教師だった母が、生徒を窘《たしな》めるように言った。

「失礼？　どっちがだ」

舌打ちをして、客に出す酒に手を出した。

私の声が聞こえたのか、町長の国枝福夫《くにえだふくお》が空いたお銚子《ちょうし》を持って台所にやってきた。

「和将くん、将史さんがこんなことになって悔しいのはわしも分かる。役場にはなくてはならん人間やったんやさかい、大きな損失やと思とる。けど、お母さんを責めるのはお門違いや。一緒に暮らしてても、分からへんこともある。いや、毎日顔を合わせてるさかいにかえって見えへんいうことがあるんやで。思い詰めてたのを気づいてやれなんだことは、役場の人間もみんな心を痛めてる。いまは、いや今後もずっと後悔しかないと思う。おいおい自殺の原因も分かってくるんとちがうか」

「みんないつも、よその家のことを詮索《せんさく》するのに、父に関しては無関心だったってことですね」

わざとねちっこい言い方をした。

一刻も早くこの田舎町から出たかったのは、住民の目がうっとうしかったからだ。どこの誰の成績が振るわないとか、誰かの娘が隣村の男といい仲になっているとか、本人に告知されていない末期癌《がん》のことまで噂となった。人々が野良仕事をしながら、目をこらし耳をそばだてているような気がして、何も悪いことなどしていないのに身を縮こまらせ、早足で歩くのに疲れたのだ。

「これ、和将、ええ加減にしなさい。町長さんに向かって何てことを」

と母は私を叱り、

「この子も混乱してますさかい、どうか堪忍してやってください」

国枝に向かって頭を下げた。

「頭上げてんか」

「ほんまにすみません」

さらに深く頭を下げる母。

国枝が私を見て、

「和将くん。さっきも言うた通り将史さんはなくてはならん人やった。ほんまにそう思てる。無関心やなんて思わんといてほしい。わしらも、将史さんがそこまで悩んでたなんて思てもおらなんだ」

と静かに言った。

「それなら訊いていいですか」

私は町長を睨《にら》み返す。

「何や？　怖い顔して……わしで分かることやったらなんぼでも」

「この意味、分かりますか」

私は、親父《おやじ》のオーバーコートのポケットにあった走り書きを町長に見せた。

「これは……」

「駐在所のおまわりさんが見つけたものです。おふくろや俺には何も残してないのに、この『遅くなったが天女の娘の元へ行く』って、いったい何なんですか」

「うーん、意味は分からんけど、天女いうんは、羽衣伝説のことやないかな」

「親父がその伝説の娘のところへ行ったたって言うんですか。こうするしかないって、どういう意味なんですか」

「ほんまにもうやめて、和将！」

母が私の手をつかんだ。

「痛いやないか」

母の手を振りほどく。

「あんた、もう東京へ帰って。これ以上、お父さんに恥をかかさんといてほしいんや」

「恥？」

「あんたもうええ大人や。お母さんが言う意味、察して。お願い」

母が泣いているのが分かった。

「和将くん、お母さんを支えてあげてくれ」

と国枝は枯れ枝のような腕を伸ばして、お銚子を台所に置いて、そそくさと広間に戻っていった。

若かった私は、町長の妙に落ち着いた物言いに、かえって苛立ちを募らせた。そして自殺は、残された者への当てつけだとしか捉《とら》えられず、父への憤《いきどお》りが膨らんでいくのを感じ、私は、母を一人にして本当に東京へ戻ってしまった。父親の自死の原因などどうでもよくなり、一刻も早く忘れさりたかったのだ。幼少期から、いつも思い詰めているような顔つきをして、冗談が通じず面白みに欠ける父とは、反りが合わなかった。父の前で、心を開いた記憶がない。それは父も同じなのではないか。

いま師事している貞長竜監督は、どんなアクシデントに見舞われても動じない大樹のような人だ。父親にはそんな強さがあってほしい。そう思うと、無性に監督の顔を見たくなった。

ただ、この葬儀から私の苦悩は始まったといっていい。以後実家には帰らず、貞長監督に一歩でも近づきたいとがむしゃらに仕事に打ち込んでいたけれど、母親を放っておいた後ろめたさが常につきまとっていた。

結局母は四年前に六七歳で急死してしまった。貞長監督の推挙で時代劇監督としてデビューし、京都市内に移り住んでいるのにもかかわらず、府内に住む母と話すのは電話のみで顔を合わすことがなかったのだ。

『乙女の碑～覚え書き2』——母の葬儀、実家の様子。ドキュメントを書こうと思った動機を示す——。

針のむしろ、そんな言葉がぴったりだった。一八年間実家に帰らず、寂しい思いをさせた親不孝者に対する親戚《しんせき》縁者、町民からの風当たりは強く、まるで農作物を荒らす害獣を見るような目で叱責してきた。

まともに人扱いをしてくれたのは、五年前に息子を町長にし、隠居の身となった国枝だけだった。

「和将くん、気にせんでええ」

告別式の後、すぐに初七日の法要を終え、みんなが立ち去った後、一人だけ残った国枝がお銚子を手にして言った。すっかり髪がなくなった国枝だったけれど、喪服を着てお銚子を持つ彼の姿にデジャブを覚えた。ちがうのは、母がいないのと、国枝の物言いがあの夜にも増して優しい点だ。

「国枝さんは僕を責めないんですか」

と湯呑《ゆの》みに酒を注いだ。

「何で責める？　和将くんは立派な監督さんや。ＢＳの時代劇、わしは好きでよう見てる。

亀井和将いう名前が出たら拍手したいくらい嬉しいんやで。町の誇りやと思てる」

折に触れて町民にも、そう言っていると付け加えた。

「立派だなんて、そんなこと。国枝さんがどこまでご存知なのか分かりませんけど、実はうちの家族は上手くいってなかったんです。特に親父と僕は……」

何事につけても父親の肩を持つ母にも反発していたことを、どうしてなのか素直に打ち明けられた。この町ともう完全に決別する気だったからだ。

「清子さんから、ちらっと聞いてる。将史さんも清子さんも真面目《まじめ》過ぎるところがあったさかい、窮屈やったんやないかって話してたことがある。親父さんは役場勤め、お母さんは学校の先生やから、堅いのは仕方ない。いやあんまり砕けてもろてもあかん。けど、若いもんは、田舎にいること自体に息が詰まるもんや。ましてや和将くんみたいに夢を抱いてる若人にとってはな。子供の頃からやてな、映画を撮る人間になる言うてたんは」

「小学四年生のときからです。みんなが京都市内に連れていってもらって『スター・ウォーズ』を観《み》たと大騒ぎしていたとき、僕は『暴れん坊将軍』とか大河の『黄金の日日』に夢中でした」

市内に連れて行ってもらえないから拗《す》ねているだけだ、とクラスの連中はからかったが、ずっと前から大川橋蔵《おおかわはしぞう》の『銭形平次』、東野英治郎《とうのえいじろう》の『水戸黄門』、三船敏郎《みふねとしろう》の『剣と風と子守唄《こもりうた》』や萬屋錦之介《よろずやきんのすけ》の『長崎犯科帳』などが好きで観ていた。にわかではなく、筋金入りの時代劇ファンだった。ただただ祖父の亀井次郎の影響だ。

祖父と祖母のリツは、家の離れに住んでいた。私は学校から帰ると、真っ先に祖父と祖母のいる離れで過ごした。両親が共働きだったからだが、祖父母と一緒にいることが多かった。

祖母は優しく、祖父は強く楽しい人だった。子供の頃から剣道をやっていた祖父は、時代劇の殺陣《たて》の話になるといっそう熱が入る。そのうち精巧な竹光を作り、私をチャンバラの相手にした。大友柳太朗《おおともりゅうたろう》はどうだとか、近衛十四郎《このえじゅうしろう》、萬屋錦之介はこうだとか、身振り手振りで刀の使い方を教えてくれた。

私の殺陣を見る目を育ててくれたのは、祖父のチャンバラ教室だったのだ。大立ち回りで少しくらい危ないことも、祖父は厭《いと》わない。あれをやっては危ない、これは不衛生だと家でも学校の先生だった母と、いつも苦虫をかみつぶしたような顔つきで必要以上に言葉を発さない父とは大違いだ。ますます祖父と過ごす時間が増え、その分両親との接触は減っていった。

そんな思い出話をすると、国枝がうなずきながら言った。

「次郎さんは、伝説のガキ大将やったらしいさかいな。強きを挫《くじ》き、弱きを助ける人やったようや。それこそ時代劇のヒーローみたいに戦時下、集落が大変やったときリーダーとしてまとめ役やったと聞いとる」

「ガキ大将だったのは本人からではなく、お祖母《ばあ》ちゃんからよく聞きました。ただ、戦争中のことは、二人ともあまり……触れられたくなかったみたいです」

「ほうか。そうかもしれへん、わしの親父もしゃべりたがらへんかったからな。それでな、和将くん、君に話しておきたいことがあるんや」

国枝の妙に改まった言い方が気になった。

「僕に、ですか」

「将史さんが亡くなって一七年かいな？」

「いえ一八年です」

「そうか、早いもんや。きみはまだ将史さんのことを許せへんか」

国枝の質問の意図が分からなかった。

「僕は、別に親父のことは……」

過去にこだわっていると思われたくなかった。

「清子さん、ほんまはずっと将史さんのことを許せへんって言うとんなった。たぶんそれは和将くんも同じじゃないかって」

「お袋が、親父を許せないって言ってたんですか」

私は祭壇に飾られた母の遺影を見た。心筋梗塞《しんきんこうそく》で急に亡くなったため、小学校の生徒と一緒に写っている卒業アルバムから切り取った写真で、唯一白い歯を見せていたものを選んだ。

「将史さんの葬儀の後、和将くんが持ち出した遺書、覚えてるやろ？」

「遺書というよりメモみたいなもんですけどね。もちろん覚えてます」

「実は清子さんもあれが引っかかってたみたいや」

「当然でしょう。あんな訳の分からないもんを残されて、どうしろと言うんですか」

「そや、そのことでちょっと誤解があってな。それをいっぺんきちんと話をせんといかんと思っとったんやけど」

こんなことになってしもて、とため息をつき、国枝も遺影に目をやった。

「国枝さん、誤解も何も、あんな文面……。母が許せなかったのは、父が死ぬほど悩んでいたのに家族の誰にも何も言わなかったことだったんじゃないですか。母にとってみれば、長年連れ添ってきたのに、信頼されてなかったことのショックもあっただろうし」

「それもあるやろうけれど、清子さんは違う意味で怒ってはったようなんや」

国枝の顔が小刻みに左右に揺れた。

「お袋が怒ってた？　僕が何をどう誤解してたと言うんです？」

と私は酒を流し込み、座り直した。国枝が居住まいを正したように感じたからだ。

「将史さんは、亡くなる何年か前、その年の町政要覧作成のために、町の戦後史を調べてた。で、ある集落の悲劇の取扱いを巡って、トラブルになったんや。そのようなことを、お母さんから聞いとらんか」

「初耳です」

「まあ、そうやろな。将史さんは生真面目なとこがあるから、口外はせん」

国枝は、うなずきながら盃《さかずき》を傾け言葉を継ぐ。

「敗戦を旧満州で迎えた村人たちがおられた。戦前の日本では、広い土地を求めて満蒙開拓団として海を渡ったいう話は聞いたことあるやろ、あれがここでもあった。村単位で移住した人らもいるけど、この町では一集落の希望者だけやった。二九世帯やと聞いとる。その束ねが、当時二七歳やった次郎さんや。他の者はみんなもっと年が若い」

二九世帯が先に開拓し、収穫の目処《めど》が立ったら、その他の集落に声をかけて迎え入れることになっていたそうだ。ところが三年目に入った夏、第二次世界大戦がもうじき終わろうとしていたとき、突然ソ連軍が満蒙に攻めてきた。

「日ソ中立条約を破ったんでしたね」

歴史に詳しい訳でも、特別興味があったのでもない。国枝と話している年から四年前の二〇一〇年に観た『樺太《からふと》1945年夏 氷雪の門』という映画を思い出しただけだった。

「よう知ってるな」

「いや映画で観たもので」

その映画も終戦間際から終戦にかけて、突如日ソ中立条約を破ったソ連軍が侵攻してくある姿を描いていたからだ。ただ、映画の舞台は満州ではなく、日本の領土であった樺太の西海岸にある真岡《まおか》町だった。ソ連軍の侵攻に伴い、北海道への緊急疎開のために多くの一般市民が、港のある真岡町に命懸けで向かって行く姿を生々しく映していた。そんな非常事態にあって、本土との連絡の要だった電話交換手の乙女たちが、最後の最後まで町に残ることになった。彼女らは、ソ連兵からの辱めを受ける前に、用意していた青酸カリを飲んで自殺をしていくのだ。これは史実に基づいたもので、樺太を望むことができる北海道稚内《わっかない》市の稚内公園には、亡くなった日本人の慰霊碑「氷雪の門」があり、同じ公園内にある彼女たちの慰霊碑には「九人の乙女の像」がある、と私は早口で話した。

「そうか、そんな映画があったんか」

「じつは映画ができたのは一九七四年で、僕はまだ六つです。ソ連との友好関係がどうのこうのとクレームがついて、全国上映はされなかったと聞いてます。関係各所は否定してますから、真相は分からないんですけどね。それが遂に全国公開され、僕が観たのは四年前です。だから鮮明に覚えてまして」

「なるほどな。やっぱり『九人の乙女の像』いうのがあるんか」

国枝は赤ら顔を天井に向けた。

「やっぱり？」

「うん……映画の電話交換手の女性たちは、いうなればみんなの命を救うために職場に残ったんやな?」

国枝は私の疑問に答えず、反対に念を押すような聞き方をしてきた。

「戦況や本土からの安否確認、避難船の出航状況とかを知らせる業務を担っていたんです。そのうちに、ソ連兵の攻撃が交換手たちのいた真岡郵便電信局に迫ってきた。で、もはやこれまでと……最後の台詞《せりふ》、それが碑に刻まれてます。『皆さん　これが最後です　さようなら　さようなら』でした。名台詞だなと思ったんで、心に残っています」

熱が入りすぎた私は、手のひらに汗をかいていた。

「うーん、胸が詰まるな。ほんまに戦争は悲惨や。わしの親父なんか、よっぽど嫌やったんやろ、聞いても話したがらなかった。体験者が口を閉ざしてしまうと風化してしまうっていうけれど、辛い過去を無理やり聞き出すいうのも、酷や。実際のところ難しい問題やで、和将くん」

国枝は酒を苦そうに飲んだ。

「さっき、やっぱりとおっしゃいましたが、満蒙開拓団でも氷雪の門のような集団自決があったんですか」

と聞いた私の頭の中で、乙女の像と、父の残した言葉「天女」のイメージがオーバーラップした。

「いや、それはない。他の集落では百人単位で、そんな悲劇があったらしいけど、うちの集落は全員無事に帰国しなはった。次郎さんの、英断でな」

　国枝の言葉の語尾に一拍の間があった。

「親父が残した言葉、天女と関係あるんですね」

「うん。実は、そのことを話そうと思って」

　と国枝は私の盃に酒を注いだ。

「守ってくれるはずの関東軍がいち早く撤退し、それまで抑圧されていた現地民が開拓団に襲いかかった。加えてソ連軍からの攻撃からも逃げなければならなくなったから、そら大変や」

　ソ連軍と現地民との板挟み状態の中、村人は七〇〇キロメートルとも言われる長い距離を踏破し、葫《こ》芦《ろ》島《とう》港から日本行きの船に必死の思いで乗ったことを話した。

「お祖父ちゃんがそんな体験を……」

　私は言葉を失った。

「ソ連兵の略奪、強姦《ごうかん》。暴徒化した現地の人の攻撃から身を守ってもらい、生きて港に辿《たど》り着くには、とにかく敵の懐に入る以外になかったんやと、将史さんは熱弁を振るっとった。むろんソ連兵らもタダいうわけにはいかへん。それなりの見返りが必要やった。食糧や金目のものを差し出した上に娘たちを……。そやから苦渋の選択いうのか、断腸の思いで次郎さんは、三人の女性に接待役を頼み込んだ」

と、国枝は眉間《みけん》に深い皺《しわ》を作った。

「接待というのは？」

「ソ連の小隊長クラスの人間には、強姦より『接待』を好む者もいたんやろ」

「やっぱり、性接待だったんですね」

「うん。女性も陵辱《りょうじょく》される前に命を捨てる覚悟やったから、同じ命を捨てるのなら二九世帯の命を救おうと思ったんや」

国枝の断言口調に、当事者の声を感じた。つまり、父がきちんと調査した上の話なのだろう。

「事実、みなさんが帰国の船に乗れたから、僕もここに存在するんですよね」

父が生まれたのは、敗戦の翌年の秋だった。

「似たような話は、他の集落でもあるそうや。けど、集落の沿革から消し去ってるところがほとんどや。それを町政要覧に盛り込もうと、将史さんはした。しかし実現はせえへんかった。印刷物として残ったら、当事者だけでなく、家族、親戚縁者が差別にさらされるさかいな」

その事実を踏まえ将史は、文章ではなく「乙女の碑」の建設を国枝に持ちかけたということが分かった。

「関係者に迷惑がかかるのは、碑を作るのも、文章化するのも同じじゃないですか」

「わしも、そないに言うた」

「父は何と？」

「碑には、ちょっと待ってや」

国枝は手帳を取り出し、そこに挟んであった紙片を差し出して、

「こんな言葉を刻もうとしてた」

と言葉を添えた。

そこにはこうあった。

『ここより羽衣の／乙女らの天に舞ひしことは／疑ひなしや／皆の幸の在所か／よき人生となりにけるかな／照覧あれ』

「乙女……天に」

親父の遺書めいたメモと重なる。

「やっぱり和将くんも、将史さんが残した言葉を思い浮かべたやろ」

親父は、自分の父親、次郎が絡んでいたこともあって、碑の建設に熱心だったらしい。

国枝も、その熱意に負けて町議会に上程したのだったが、生存する関係者や遺族への配慮と予算面で承認はされなかった。実際関係者は猛反対だったと国枝は苦笑した。

それでも将史は諦めきれず、ひとりで当時の関係者や遺族に当たり、了解を得ようと奔走した。さらに制作費用まで何とかしようとしていたというのだ。

「同僚の職員らは、取り憑かれたようやったと言っとった。関係者の家に何度も訪問しては、碑を建てる意義を説いて回った」

「ちょっと待ってください、国枝さん。親父が亡くなったのは五〇歳のときです。終戦後からずいぶん経ってます。そのプロジェクトっていうのは、いつの話なんですか。少なくとも、僕は高校卒業まではここに暮らしてた。いくら話をしない親子でも、憑かれたようになってたら気づくはずだ」

「あれは千代《ちよ》の富士《ふじ》の断髪式があったときやから、平成四年の二月や。ある男性の葬儀があって、その男性の妻いうのが、集落を守った女性の一人や」

国枝は絞り出すような声を出した。

「僕が二四、東京にいたときか」

「半ばノイローゼになってて、毎日毎日、天女がどうの、娘がどうのと口走ってた。で、本題なんやが」

国枝が盃を畳の上の盆に置いた。

「まさか親父の自殺の原因が、その碑と関係があるなんて言うんじゃないでしょうね」

「ないとはいえへん」

「親父が生まれる前にあったことです。いくら自分の父親が絡んでいるとしても」

「村に帰ってきた次郎さんら世話役は箝口令を敷いた。お接待のことは絶対の秘密で、皆墓場までもって行こうとしたんや。けど、次郎さんの息子の将史さんはどうしてか知っていた」

「祖父が、その箝口令を破ったんでしょうか」

「いや、ちがう。ある小学四年生の男の子が図工の時間に描《か》いた絵があった。それがきっかけで子供らの間で妙な噂が立った」

「子供の描いた絵？」

「よそからきた新任の先生には不思議で、面白い絵に見えたんやろ、優秀作やいうて学校の掲示板に貼り出した。それで問題になった」

「問題って、子供の絵が？」

「うん」

国枝が小さくうなずく。

「どんな絵だったんですか」

「格子の向こうに真っ白な顔をした女の子がいる絵や」

「女の子……それだけですか」

「ああ、それだけの絵や。けど、それを描いた男の子が絵に題名をつけた。それが『可哀想なぼくのお姉ちゃん』いうもんやった。そう思って見たら、座敷牢《ざしきろう》にでも入れられてる風に見える」

「弟が、自分のお姉さんを描いた絵なんでしょう？　どうしてそれが問題になったんですか。座敷牢だなんて思う方がおかしいですよ」

村全体の閉塞感《へいそくかん》を牢屋のように思う大人の色眼鏡ではないのか。

「いやちがう。そうやないんや、和将くん。その男の子にお姉さんがおるやなんて、誰も知らなかったんや」

「知らない？」

「そうや。弟の絵が、お姉ちゃんがほしいと思って、空想で描いたと言えるもんやったらよかった」

「そういう感じじゃなかったんですね」

うなずく代わりに、国枝は強く目を閉じた。そして目を開き、

「そやから座敷牢いうことに現実味があった。当然、大人たちはその家に近づくな、と命じた。そのとき、わしんとこは一家で、町に引っ越してたさかい知らんかったけどな。わしが高校生で、将史さんは小学六年生やったそうや」

とため息をついた。

大人の注意など気にもとめず、小学生たちは絵を描いた本人に疑問をぶつけた。

「伝染病ではないけれど、重い病で外には出られないから離れで暮らしている。そう言われたらしい」

「隔離していたということですね」

「噂の恐ろしいのは、どんどん尾ひれが付くところや。絵の女の子の顔が真っ白なのと、鼻が高かったから、娘はいつしかロシア人との混血やなかろうかいう風になっていった」

国枝がいっそう渋い顔になるのが分かった。

「それで、『お接待』のことがバレた……」

「いや、そのことだけは誰も言わんかった。満州帰りの者はな。しかし娯楽のほとんどない田舎町や、風評が広まるのは速い。その家の主人が、必死で火消しに回った。病に苦しんでいる我が子をそっとしておいてくれってな」

「やはり混血なんかじゃなかったんですね」

「そのあたりのことは、わしも分からへん。娘は、それから五年ほどして、ここを出て行った」

「いずれにしても、その家の方は、満州帰りということで嫌な思いをしたんですよね。なのに親父は、それを蒸し返すようなことをしようとした」

「その病気の娘、母親の話では将史さんと同い年やった。まあ年齢は関係ないけれど、将史さんは、その娘に心を寄せていたというんや。将史さんは絵を描いた弟と仲良しで、幼なじみやった西寺勇一郎《にしでらゆういちろう》いう一つ上の友達と、一緒に見舞いに行ってたらしい」

親に内緒で会っていた。もちろん触れもせず、それだけに思いが募っていったのだと、父は国枝に吐露したそうだ。

「あの、親父が……」

「石部金吉《いしべきんきち》やと思ってたんやろ？　けど、それは一七の年にその娘と離ればなれになったからやと、わしは思とる。『乙女の碑』の一件で、将史さんとじっくり話す機会がなかったら、分からんかったことやけど」

国枝は銚子を振って、中身のないのを確かめると一升瓶に手を伸ばす。冷や酒を湯呑みに注いで、私に差し出した。

「だからと言って」

「五〇近くまで引きずるやなんて、いくらなんでも幼いと、いうんやろ？　それにはきっかけがあってな」

父が自死する四年前に、思いを寄せた女性の父親が亡くなった。母親も大腿骨《だいたいこつ》を折って亀岡《かめおか》の病院に入っていたという。

「母親は自宅に戻っても自力での生活が困難やということで、当時四四歳になる長男と相談しようとしたんやが、彼は一八歳でテキスタイルデザインをやるいうて町を出たまま戻らん。で、サキさん、あ、いや、あかんあかん、プライバシーがあるさかい……ほんで母親が将史さんに相談した。結局、亡くなるまでの四年間、何かと面倒をみてたんや。そのときに、いろいろ苦労話やらを聞くこともあったやろうし、当然娘のことも話に出てきてたはずや。娘がたどった人生を耳にして、不幸の種は、お接待や、という思いを強くした」

「お接待が、不幸の種？　それは」

「母親の精神的ショックが、娘さんにも投影されたってことやないか」

「だから乙女の碑にこだわったんですか」

「問題は、あんたのお母ちゃんの気持ちや。初恋の女性がずっと夫の心中に住んでいる。それだけでもいい気持ちはせん。何十年も経ってるのに、その女性の実家に足繁《あししげ》く通うんやからな」

と言った後、父の中にいるその娘はずっと一七歳の少女のままだから、と国枝はずいぶん詩的な言葉を口にした。

「つまり嫌がる母を無視して、親父はその娘の母親を看《み》ていた」

「無視していたわけやないようや。しかし、それがまた清子さんには気に障った。清子さんを気にしながらも、結局はその母親の家に行くんやからな。将史さんが亡くなってから聞いたんやけど、さっき言うたように碑の話が頓挫した。それから、どうも将史さんの様子がおかしくなった」

「おかしいって、どういう風にです」

母からそんな話を聞いたことはなかった。

「寝言を言うようになったらしい」

「寝言?」

「うん……その娘の名前を叫ぶんや」

「何を考えてるんだ、親父は」

あぐらをかいた太ももを拳《こぶし》で叩いた。

「気分を害するんも当然やろ。ほんで娘の母親が亡くなると、それほど間を置かず、将史さんは例の言葉を残して首をくくった」

「そんな」

奥歯を噛みしめた。

「清子さんは、こんな風に思ったそうや。きっとその娘が亡くなったことを誰かから聞いて知ったんやろうと」

「娘の死を聞いて、親父がその後を追ったと言うんですか。そこまで親父がおかしくなってたなんて、信じられません」

「清子さん、いや、あんたのお母ちゃんは、そう解釈してた」

父は家でも必要なことしか喋らなかった。祖父に比べて面白みにかけるけれど、真面目さが取り柄の役人だと思っていた。その父が、いくら初恋の女性に心を奪われていたとしても、いや取り憑かれていたとしても、死んだと知らされて後を追うなんてあまりに浮世離れした話ではないか。一七歳のときに離ればなれになったということは、三〇年以上、会いもせず、言葉も交わさなかった女性を思い続けていたことになる。それが本当なら、母との結婚生活は何だったというのか。

自殺には何か他に原因があったと思いたかった。

『遅くなったが天女の娘の元へ行く。こうするしかないんだ、許してくれ』という最後の言葉からすると、『乙女の碑』をめぐって何かがあったにちがいない。

『乙女の碑~覚え書き3』――遺書と碑の言葉は、ドキュメンタリーの発端であり、その解釈は終章に――。

そこまで読んで原稿から顔を上げると、菜緒は腕時計を見た。すでに一時間が過ぎようとしていた。

菜緒は原稿の束を揃《そろ》えて、

「箱ごとお預かりしてもいいですか」

と苑子に言った。

重要な情報が書かれているため、ここからはメモを取りながらの作業になると判断した。苑子を前にして、そんな作業はしたくなかった。じっくり読むには時間も必要だ。今日は自宅に戻らないと、まずい。

「もちろん、です。監督の作品に対する思いが伝わってきて……このままでは彼が可哀想で、何とかしてあげたいんです」

「分かります。覚え書きとはいえ、臨場感があって、編集者として監督の三章の完成原稿、本当に読みたいと思いましたもの」

「大事な部分なのに。いったいどこに行ったんでしょう」

「本当におかしいです。原稿が見当たらないなんて」

「書斎はもちろん、書棚、押し入れ、普段使わない鞄《かばん》、車の中にもありませんでした。もう探す場所が思い当たりません」

さらに家捜しするつもりだと、苑子が首を振りながら小さく息を吐く。

「それとも、プリントアウトされてなかったんでしょうか」

菜緒が言った。

「普段から最終チェックは紙でないとって言ってましたから、風見さんと打ち合わせするのに、そんなことはないと思います。私、その覚え書きを読んで、妙なことを考えてしまって」

苑子が、菜緒が手にしている原稿に視線を向けた。

「妙なこと？」

「今回のドキュメンタリーのテーマって、たぶんお義父さんの死の真相から見えてくる戦争だと思うんですね。羽衣伝説の残る集落にもあった悲惨な爪痕。だけど、いくら事実でも口外してほしくない人がいた」

資料を読んでもらえれば、自分の言っていることが理解していただけるはずだ、と苑子は鋭い視線を菜緒に向けてきた。

「いま目を通した部分だけでも、おっしゃっている意味は分かります。つまり関係者の妨害だということですね」

菜緒は苑子の目を見返す。

「お義父さんがいろいろ調べていたのが二二年前、監督がドキュメンタリーを書こうと思ったのが四年前。その二人ともが亡くなったんです」

苑子の声のトーンが上がった。

「ちょっと待ってください。奥さんは、お義父さんの自殺も、妨害だったと」

「調べている父と息子の死、偶然だと思えないようになってきて」

「お接待の悲劇の関係者が嫌がったとしても、人を自殺に追い込んだり、殺してまではですね」

「……」

慮る口調で菜緒が言った。

「そうですね。私、どうかしてますよね。監督が殺害されたことと、切り離さないとダメですね」

うなずきはしているが、苑子の顔は納得しているようには見えなかった。

「警察が、事務所のどこかに保管してあった原稿を見つけてくれるかもしれません。そうすれば、本の結論部分が手に入ることになりますので、いま拝見した覚え書きと箱の中の資料を使って、原稿をまとめ上げることができるんですけど」

と菜緒は美千香の方を見た。

美千香はうなずいただけで、返事をしなかった。

「風見さん、よろしくお願いします」

苑子が頭を下げた。

時間が迫っていたので、資料の整理が付き次第連絡すると言って、菜緒と美千香がソファーから立ち上がった。

「そうだ、これをお出しするのを忘れてました」

苑子が台所に行き、何かを半紙に包んで戻った。

「そばぼうろ、です。近くに発祥のお店がありまして」

「そば菓子処《かしどころ》『澤正《さわしょう》』さんですね」

美千香が屋号を口に出した。

「ご存知ですか」

「澤正ってお菓子屋さんとは別に、泉涌寺《せんにゅうじ》の手前に創作の会席料理のお店がありますでしょう」

「『澤正茶寮《さりよう》』ですね」

「そうです、そこに行ったことがあります。お料理に『そば短冊』というお菓子が出てきて、甘さが上品で美味しかったです」

美千香が、そば短冊はそばぼうろの生地を小さく薄い板状にして焼いた菓子だと説明してくれた。

「そこのお店のそばぼうろの素朴な見た目と味が、監督のお気に入りで、欠かしたことないんです」

「嬉しいです。では遠慮なくいただきます。ありがとうございます」

亀井のマンションを後にした菜緒は、美千香の車の中で、そばぼうろを一つ食べてみた。気に入ったら一樹と母親へのお土産にしようと思った。

「どう？」

発車させず、ハンドルを握ったままの美千香が訊いてきた。

「おそばの香りが凄い。香りを食べてるって感じです」

「甘さほんのり、優しいでしょう？」

「いくらでも食べられるけど、ゆっくり味わっていたいって思わせますね」

「そば粉がちがうんだと思う。カザミンのお母さん、おそば好きだからいいんじゃない。

イッちゃんには優しすぎる味かもしれないけど。そば菓子処『澤正』ならすぐそこだし、駅へ向かう途中で立ち寄れるよ」

菜緒は「そばぼうろ」を買い、そのまま京都駅まで美千香に送ってもらった。

「段ボールは、お手数ですが至誠出版の私宛《あて》に」

車のドアを開きながら美千香に言った。

「分かってる。玉木さんとちゃんと話してね。その上でギャラは相談ってことで」

「今日、動いてもらった分はどうしましょう？」

「宿泊費と一緒に請求する、と言いたいところだけど、次に夕飯おごってくれるってことで相殺するよ。イッちゃんのこと心配だろうけど近いうちにね」

「かしこまりました」

おどけた口調で言い、土産を手にして車のドアを閉めた。

「とは言ってもカザミン、大変だったね。大丈夫？」

「母は強し、です」

自分を鼓舞するようにガッツポーズをしてみせた。

「分かった、分かった、強い、強い。それでも怖い夢見たら、何時《いつ》でもいいから電話してきな」

「母は強しだって言ってるんですけど」

「はい、はい」

「とにかく美千香さんと仕事できるよう、玉木さんを説得しますね」

菜緒はもう一度礼を述べると、新幹線乗り場へと急いだ。

6

「やっぱりお母さんのご飯、美味《おい》しい」

珍しく京都よりも湿度が高くなっていた、梅雨空《つゆぞら》の東京に戻り、シャワーで汗を流すと一樹と一緒に母の手料理を食べた。根野菜が中心で彩りは地味だけれど、どれも懐かしい味がする。

こういう料理を食べると、自分も一樹に懐かしがられるような味の料理を作っているのか心配になる。一樹は、ハムやウインナーソーセージが好きだし、唐揚《からあ》げなどの揚げ物だと喜んで食べる。食べてほしいから、どうしても彼に合わせてしまい、ますます偏食になっていく。

案の定、一樹は里芋の煮っ転がしやほうれん草のおひたしには手を付けていない。母が気を遣って一樹のためだけに作ったオムレッとふりかけで夕飯を済ませていた。

「ママ、死体を見たの」

食後のオレンジジュースを飲んでいた一樹が、突然訊《き》いてきた。

「こら、ご飯の最中よ」

菜緒は母の顔を窺《うかが》いながら、たしなめる。

「いいわよ。子供は気になるんじゃないの。実は私も心配してた。報道で第一発見者は、午前中に亀井監督の事務所を訪問した東京の出版社社員だって、何度も言ってるんだもの。そのたびに胸が苦しくなる」

「そんなこと言ったって、運が悪かったんだからしょうがないじゃない」

「血の海って、どんなの」

一樹の目が輝いているように見えた。

「いやね、この子ったら。なんで、そんなことが気になるの?」

「怖かった?」

菜緒の言うことなど聞かず、一樹は尋ねる。

「食事のときに話す内容じゃないでしょ」

「死体に触った?」

「ああ、もう、ママはご飯を食べたいのっ」

「じゃあ、もういいよ。ごちそうさま」

一樹はテーブルを離れると、自分の部屋へ行った。

「もう、食後にそばぼうろ食べさせようと思ってたのに」

すでに閉まった子供部屋のドアに向かって文句を言った。

聞こえてはいるだろうが、素直にテーブルへ戻ってくることはない。最近、とくに言葉数が減ってきていた。以前も引きこもって部屋のテレビゲームばかりしていたけれど、お菓子など食べ物の名前を言うと照れながらでもリビングに現れたのだ。

一樹を素直にさせられるのは、美千香と香怜だけだ。美千香に相談すると、香怜の可愛《かわい》さと自分の妖艶《ようえん》さに興味を抱くのは当然だ、と不敵な笑みを浮かべる。

「菜緒、あんまり大きな声を出したらダメ。嫌な記憶を思い出させるからって、あなたがいつも言ってることでしょう？」

と母が、六月に入って作りだした麦茶をコップに注《つ》いでくれた。

「そうね。徐々によくなってきているって、カウンセラーの先生は言ってくれるんだけどな」

「焦らないこと。あなたは毎日一緒にいるから実感できないでしょうけど、私から見れば、本当によくなってると思うよ。いまも菜緒を気遣っての質問よ、きっと」

母も子供部屋の方を見遣《みや》り、

「あの子も怖かったのよ」

とつぶやいた。

「怖いって、何が？」

美千香の車の中で封を切ってしまったそばぼうろを四、五枚、菓子盆へ出した。

「あら、懐かしい」

母が一枚を手に取った。

「お土産用はちゃんとあるからね。これはもらい物よ」

「芳《こう》ばしい香り」

「でしょう。絶対お父さんも好きよ」

「そうね、ありがとう。えっと何の話だっけ、そうそうイッちゃんだって、死体とか血の海なんて怖いはず」

「どうしてそんなことが言い切れるのよ」

菜緒もそばぼうろをかじった。ご飯を食べたすぐ後なのに、いくらでも食べられると思った。

「一昨日《おととい》サスペンスの再放送をやっててね、最後の方で事件の経過を説明する場面あるでしょう。ちょうどそのシーンで、イッちゃんが居間に出てきたのよ」

探偵役が犯行をなぞるシーンで、犯人が女性を刺す場面が出てきたとき、一樹が顔を背けたのだそうだ。

「ええ、ちゃんと見たもの。もし本当に死体とか血に興味があるんだったら、お芝居で人が刺されるシーンなんて平気なはずじゃない」

「ほんとうに?」

「じゃあ、わざとあんな残酷なことを聞いてきたってこと?」

「茶化すことで、あなたの恐怖を和らげようとしたんじゃないかしら。あの子、繊細だし、勘も鋭い。それにあなたに似て、優しい子よ」

母の誇らしげな顔を見て、胸が温かくなった。一樹が太秦のお土産がないことに文句を言わなかったのも、気を遣ってのことなのかもしれない。

「あの子に謝らないといけないかな」

また子供部屋の方を見た。

「そんなことしなくてもいいわよ。お菓子を持って行って、監督さんが亡くなって悲しんでいる人がいることとか、菜緒自身の寂しさなんかを話してやったら?」

「そうね、そうする。事実、奥さんがとても悲しんでいることを伝えてみる。もちろん私も、ついさっきまで話をしていた人が……」

菜緒は麦茶を飲んだ。

「ところで監督さんの本はどうなるの?」

「奥さんは出版したいっておっしゃるんだけど、肝心の原稿がないのよ」

菜緒は母に受け取るはずの第三章の原稿がないばかりか、一章、二章も覚え書きしかないことを話した。

「監督さんの書いたものがないなら出版は無理じゃないの？」

「資料が段ボールひと箱だけある。それを見て、後は編集によって何とかしようと思ってはいるんだけど」

「寄木細工みたい」

「そうね、寄せる木があればなんとかなるんだけどね。まずは、それを探すところからはじめないと」

「じゃあまた出張が増えるのね」

「たぶん。でも、できるだけ美千香さんに協力してもらおうと思ってる」

美千香が京都で元気に頑張っていることを母に話した。

「そう、加地さんご結婚は？」

「まだよ。母さん余計なことしないでよ」

美千香の人柄を買っている母は、隙《すき》あらば見合い相手を紹介しようとしていた。むろん菜緒にもあれやこれやと写真を見せたけれど、すべてに首を横に振るため最近は諦《あきら》めているようだった。

「心がけておくだけよ。まさか菜緒が袖《そで》にした人を回すわけにもいかないし」

母が笑った。

「あったり前じゃない」

「出張に関しては、母さんも協力する。その代わりっていうんじゃないけど、またお父さんが時代小説の二作目を書き始めてるの。申し訳ないけど、助言してあげて」

「お父さん、まだ書いてるの？　あんなにダメ出ししたから諦めたと思った」

定年を迎えて、時代小説を書き始めた父から、書きかけの原稿を見せられた。それに対して菜緒は、編集者として厳しい意見を言った。

もし父が趣味程度だったらいくら編集者であっても、初めて小説を書く人間にきついことを言うつもりはなかった。しかし新人賞に投じると言い出したから、つい熱が入ったのだ。

出版不況だと言われるいまでも、小説家を目指す人は多くいる。それらのニーズに応《こた》えるためか、あるいは新しい書き手の出現が業界を救うと思っているのか、登竜門というべき新人賞は数多い。ただ、少なくともプロになろうとする人は、生半可な覚悟で小説に手を出してほしくない、と菜緒は常々思っていた。いろいろな書き手はいるけれど、菜緒が知る作家たちは、真剣に小説と向き合っていた。生業《なりわい》としてだけでなく、物語というものを心から大切に思っているのがひしひしと伝わってくる。

文壇バーといった場所に幾度も同席したことがある。ときには深夜、いや早朝という時間まで深酒する作家たちだが、やはり話題の中心は小説になる。
ある作家が、重要視しないとならないのは、登場人物が見ているものの中で何を書いて
何を書かないかだと、いきなり言い出した。見るものすべてを描写してはカタログになっ
て饒舌《じょうぜつ》だし、またそんなことできるはずもない。だから登場人物の性格や職業などバック
ボーンと、作品のテーマに沿ったもののみを描く。その他のものは、たとえそこにあって
も触れない方が、読者に想像する楽しみを与えると言うのだ。
その夜、酒量が限界を超えテーブルに突っ伏して眠る編集者たちを尻目《しりめ》に、人物の視界
談義は閉店まで続いた。駆け出しもベテランも、売れない作家も超がつくベストセラー作
家も、小説が好きで堪《たま》らないのだ。
新人賞を獲《と》れば、そんな世界に入っていくのだということを、父に分かってほしかった。
「菜緒が赤を入れた箇所あったでしょう。どっさり」
「全部トルね」
饒舌な部分をすべて囲んで削除するよう指摘した。父の小説は三分の一程度しか残らな
かった。
「それを見ながら、ぷんぷん怒ってたのよ」
「そうだと思う。凝った文章っていうか、名文だと思って書いた箇所はことごとくカット

したから。でも書き手が自分に酔って書いた文章ほど、わかりづらいものはない。内容がストレートに伝わらないから、新人賞の下読みの人から一番嫌われる。お父さん、プライド傷ついたかもしれないけど、私だって心が痛かったのよ」

「それがね、菜緒の真っ赤にした箇所を言われた通りに全部取ったの、素直に」

「ほんとに？」

父にとっては屈辱的な作業だったはずだ。

「そしたら、すっごくよくなったんだって。自分でもびっくりしてたわ。菜緒、やるじゃないかって偉そうに言ってた」

と笑う母は嬉《うれ》しそうだ。

「そういうことなら、また赤を入れて差し上げます」

菜緒はそばぼうろを口に放《ほう》り込み、笑みを返した。

7

「そうですか、それは大変でした。まるでテレビのサスペンスを地で行くような体験をしたんですね」

明くる日、玉木が出社するのを待って、京都で足止めを食った経緯を報告すると、彼は電子煙草《たばこ》をくわえながら笑った。トレードマークの白髪交じりの顎鬚《あごひげ》が揺れる。

その反応に、むしろ不安な気持ちになった。何より面倒を好まず、それ以上に物事が停滞することを嫌う玉木が、出張中の菜緒が無駄な時間を費やしたことへの嫌みを言わないのが不気味なのだ。

「おっしゃる通り、テレビドラマみたいな展開というのか、メディア受けする事件だと思います。なので予定通り出版してはどうかと。広告を打たなくても、テレビや雑誌が取り上げてくれますから、ノンフィクションといえどもそこそこの部数が見込めるんじゃないでしょうか」

悲しいことだけれど、亀井の死によって彼の書こうとしていた本の商品価値が高まっていると、美千香の助言通りに説明した。

「風見さんは、愛くるしい小動物系の顔立ちですし、男性からも女性からも好かれるタイプですからね。苦労しながらも、シングルマザーとして立派に仕事をこなしてるというバックボーンもいい」

と、玉木は腕と足を同時に組む。

「はあ？　何をおっしゃってるんです？　亀井さんの遺志を継いで、この本を刊行したいと、私は思っています。そのための予算計上をお願いしてるんですよ、玉木部長」

「分かってます。マスコミが食いつき、部数が見込めると私も思う。至誠出版のノンフィクション部門を売り出すいいチャンスじゃないかって」

「じゃあ、この本の編集、継続してもいいんですか」

「もちろんです。ただし、条件が」

玉木は、くわえていた煙草を手に持った。

「条件？」

美千香に手伝ってもらうことを提案しようとしていた菜緒は、出鼻を挫《くじ》かれた。

「難しいことじゃない。いま風見さんが担当している作家のうち、工藤くんに任せられるものは移譲してもらいたい」

玉木は香怜を打ち合わせやランチによく連れ出していた。香怜が化粧品のコマーシャルに出てもおかしくないような透き通った肌に整った顔立ちで、連れて歩くと目を引くからにちがいない。見栄《みえ》っ張《ぱ》りの玉木らしい行動だ。

最近、彼女の担当する作家の数を増やしていることが気になっていた。中には、彼女が担当してから内容が変わった作家もいる。香怜の主張を鵜《う》呑《の》みにしているせいだと菜緒は踏んでいた。

作家のいいところを引き出すのが編集者の仕事で、自分好みにコントロールすることではないということを、菜緒は美千香からやかましく言われてきた。香怜には、一度ゆっくり話した方がいいかもしれない。

「それが条件ということは、編集の継続をしてもいいってことですね。ただ、担当者の変更には、作家さんの方にも納得していただかないと」

「勘違いしないでください。あなたの担当を減らすのが条件ではありません。あなたには別の仕事をしてもらいます」

「どういうことでしょうか。お父様の自殺の原因を探るというだけだと、それほど広がらないでしょうけれど、背景に戦争があり、乙女の碑を巡る人間模様があって、それを当事者というだけではなく、人気の時代劇監督の視点で追うんです。深いものになる予感がします」

ここで逃げられてはたまらないと、菜緒は早口で言った。

「だからですよ、風見さん。私の言う条件とはですね」

玉木が背もたれから体を起こし、

「ドキュメンタリー内ドキュメンタリーとしてほしいんです」

と、真顔で言った。

「ドキュメンタリー内のドキュメンタリー」

美千香の思いつきと同じだと驚いた。ならばと、菜緒は思い切って美千香のアイデアを玉木に話した。美千香にライターとして手伝ってもらう話も切り出しやすいと考えたからだ。

「ほう、加地さんが……さすがだな。しかし冒頭に少しレポートを入れるだけでは弱い。監督の原稿がないということなら亀井さんの作品ということにはならない。あくまで作者は、あなた。風見菜緒というノンフィクション作家をデビューさせるということです」

「えっ、そんなのダメです、無理です。編集と実際に執筆するのとは勝手が違うことは部長もご存知《ぞんじ》のはずです。それに、無念の死を遂げられた亀井さんの遺志にも、残された奥さんの思いにも反します」

いくら出版不況が叫ばれて久しい状況とはいえ、売らんがために人としてやってはならないことに手を染めたくなかった。

だから誰《だれ》かが傷つく暴露本や、犯罪者が書く顛末《てんまつ》本、根拠が乏しく偏《かたよ》った食事を勧める健康本の企画が上がってきても、常に菜緒は反対の立場を貫いてきた。

堅いイメージのある至誠出版が、その殻を破れない原因の一人だという噂《うわさ》があることも菜緒は知っている。

いずれ時代の流れに逆らえなくなるときがくる。そうなったらどうしよう、と迷っていることも確かだ。一樹のこともあるし、潔く辞表を出せるはずもない。

徐々に回復傾向にあるとはいえ、休まずに学校へ行ける週が何度かある程度だ。未《いま》だに菜緒の、週単位で一喜一憂する暮らしは変わっていない。

一樹は機嫌良く朝起きてきても、上空を報道ヘリが飛び、その爆音が聞こえた瞬間耳を塞《ふさ》いでその場にしゃがみ込むこともある。郁夫《いくお》の怒鳴り声や菜緒を叩《たた》く音を思い出したのだという。そんなことがあると一日、二日は部屋に閉じこもってしまうため、菜緒は仕事を家に持ち帰るしかなかった。そういう働き方ができるのは出版社であり編集という仕事だからだ。

「心配と不安、よく分かります。ですが、亀井夫人を説得してほしい。了解をとって正々堂々と二重ドキュメンタリー本を完成してもらえないですか。時間がありません。事件をマスコミが取り上げている間に刊行したい。そうですね、ひと月のうちに脱稿してください」

玉木は人差し指を立て、「ひと月」を強調し、脱稿後ひと月半で店頭に並べたい、と付け加えた。

「そんな無理を言わないでください。肝心の亀井さんの原稿がないんですよ。覚え書きと資料しかありません。最も大事な結論が書かれた第三章なんか、覚え書きすら見当たらない状態で、私に何を書けとおっしゃるんですか」

「大変でしょうね。けれど、あまり難しく考えないでほしい。何も君にゼロから創作をしろとはいってません。担当の編集者として、亀井さんの書こうとしていたもの、世に訴えかけたかったことを追う。その様子をあなたの感想を加えて書いてくれればいいんです。資料を紹介しながら、亀井さんの気持ちを想像してね。どうです、それが供養になると思いませんか」

——供養。玉木は、菜緒の弱い言葉を知っている。

確かに亀井への何よりの供養は、本を世に出すことだ。それは妻、苑子の望みでもある。

「でも、亀井さんが思い描いていたような本になるかどうか、分かりません」

「そこは編集者の腕の見せ所です。でしょう？」

玉木は鬚を撫《な》でながら菜緒の顔を覗《のぞ》き込む。

「それはそうですが……あの、先ほども言いましたが、亀井さんの遺体を発見した当初から加地さんに関《かか》わってもらってまして」

経費節約のために、美千香の家に宿泊したことや、苑子から資料を受け取るのにも同行してもらったと告げた。

「そうですか、彼女、とうとう京都に居を構えたんですか」

「京都関連のムックや冊子を作るために、拠点を移したんです」

「なるほど。いいですよ。加地さんに手伝ってもらっても」

玉木は、菜緒が美千香の加勢を望んでいることを理解したようだ。

「それほど頻繁に出張はできませんので、かなり彼女には動いてもらわないといけなくなると思います」

　どうしても出張するときは、実家の母に泊まりにきてもらわなくてはならない。

「むろん一樹くんファーストで考えてください。その上でどこまで、どういった形で加地さんに手伝ってもらうのかは、あなたに任せます。自然な臨場感を出すためには、現場の空気を吸うべきですけどね」

「ギャラが発生しますが」

「当然でしょう」

　どうやら玉木は本気らしい。

　玉木は座り直すと、愛用の方眼用紙をテーブルの上に置いた。このひと月間の編集スケジュールの中から、香怜に任せる作家や編集作業を書き出してくれと言った。

「移譲する作家については、工藤くんひとりに任せる気はありません。私も協力するつもりですから、その点は心配しないでください」

「ちょっと、まだ迷ってます」

「彼女も少しずつ成長してます」

「そっちのことではなく、亀井さんの本のことです」

　亀井の作品を自分の名前で本にすることへの抵抗が拭《ぬぐ》い去れない。

「今日、監督の資料が届くんですね。それを吟味してからの返事でもいいです。明日一日だけ待ちましょう。どうしてもダメなら、仕方ありません。代役を立てます」

と脅しに近い言葉を投げて、玉木は部長室の出口まで行きドアを開け放つ。話は終わったという意思表示だ。


デスクに戻ると、菜緒は撮影見学で世話になった小金沢豊子に電話をかけた。事件の後、連絡したがつながらず、東京に戻る際もきちんと挨拶《あいさつ》ができていなかったからだ。

「風見さん、大変でしたね。私も警察に呼ばれてお電話できず、すみません」

つながった瞬間に豊子の早口が聞こえた。

「いえ、私の方こそご挨拶もせず失礼しました。あの、伺いたいことがあるんですが、いまよろしいでしょうか」

「ええ、大丈夫です」

「亀井監督はドキュメンタリー本を出版しようとされていたんですけれど、ご存知でしたか」

「ああ、私は知りませんでした。でも、現場から監督の書いた原稿がなくなったという人がいるんだが、それは知ってるかって警察から訊かれましたよ」

「それです。作品の一部、クライマックスの原稿を打ち上げの明くる日にいただくことになっていたんです」

「どんな内容の作品なんです？」

「詳しいことは、まだ言えないんです。すみません」

菜緒は現場で苑子と一緒に原稿を探したことを話した。警察は留守だと思って侵入した空き巣が、鉢合わせした監督を殺害し原稿を持ち去った可能性があると見ているようだと伝えた。

「鉢合わせした空き巣が、ですか」

豊子は怪訝《けげん》な声を出した。

「そうです。だから空き巣ではなく、犯人は顔見知りの可能性もあると思って、監督がドキュメンタリーを執筆されていたことを知る人がいないか、伺いたかったんですが、小金沢さんもお聞きになってなかったんですね」

「あの風見さん、それについては、たぶん状況が変わってきてるんだと思います」

豊子の言い方に緊張が走ったように思った。

「えっ？　何かあったんですか」

「撮影見学のとき話に出た、三松豪さんのこと覚えておられます？」

「はい、監督作品のほとんどに出演されてる俳優さんですね」

「彼が警察に連れて行かれました」

豊子は吐き出すような言い方をした。

「どういうことですか」

「何でも、防犯カメラに彼の姿が映っていたようなんです。それも深夜に」

「二次会が終わってからだと、ずいぶん遅い時間になりますね」

三松が二次会に出席していたのは覚えている。二次会が終わったのは、午前一時半くらいだった。まだ飲み足りない者が三次会へ向かったのを、菜緒は篤哉と見送った。その中に三松はいなかった気がする。

「深夜の一時半頃《ごろ》だったそうです」

三松はまっすぐなところがあって、脚本に書かれたト書きに疑問点があると、たとえ深夜でも直接会いにくると監督が話していたという。

「でもどうして、三松さんが監督を……」

「それは、あり得ないと思います」

そう強い口調で言ったあと、

「ただ、本人は任意の事情聴取だからすぐに戻ってくると言ってたそうですが、顧問弁護士の話では……厳しい状況だと」

と声をひそめた。

「確かに、私が聞いている死亡推定時刻は午後一一時から午前二時です。深夜一時半となれば……」

「時間的に不利な上に、もっと深刻なんだとおっしゃるんです」

「もっと、ですか」

「物盗《と》りの線を捨てて、三松さんに矛先《ほこさき》をかえたことを重視されてます。個人的な恨みなら、原稿がなくなったことと矛盾しないと」

確かに、アリバイがない上に動機もあるということになれば、最悪の結果も考えておかないとならないだろう。

「あの、こんな時に伺いにくいんですが、『柳生月影抄外伝・逆風天ノ羽衣』の放送の方はどうなるんでしょうか」

「彼も作品の関係者ですから、疑いが晴れるまでは」

オンエアは延期すると放送局の編成部長から言われている、と豊子が申し訳なさそうな声を出した。

「そんな」

困ります、という言葉を飲み込んだ。

ドラマ化決定という文言の帯を付して書店展開していたし、それが放送日と間があいてしまうと広告効果は格段に落ちる。オンエア延期は出版社だけではなく、放送する側にも利益をもたらさない。それは制作会社も同じで、プロデューサーの豊子も肌で感じているはずだ。

「監督の追悼という意味でも、絶対にお蔵入りにはしたくないんで、間違いであってほしいと、祈ってます」

不謹慎だが、犯人が鉢合わせした空き巣だった方がましだ、と豊子が嘆き声を出した。

「監督の本のことで、近いうちに京都に参りますんで、またそのとき進展があったらお聞かせください」

菜緒は電話を切り、その手で美千香に連絡した。

玉木から告げられたことを伝えると、

「玉木さん、私の思ってた以上に策士だわ」

美千香がうれしそうな声を上げた。

「私には荷が重いんですけど」

「カザミンならできるわ。それに私も手伝える。というより仕事をもらえるのは、フリーランスの身にはありがたい」

「改めて美千香さん、よろしくお願いします。近々、監督の奥さんに了承を得にいきますので、同席してもらえますか」

「ええ、もちろん。こちらこそ、よろしくお願いします。それはそうと地元紙では、亀井監督が殺害された事件、とても大きく取り上げられてる。第一発見者が編集者だったたってことまで報道してるよ。そっちにはマスコミ関係者の取材はない？」

「たぶん、もうないだろうと思います。新聞はまだ、重要参考人を任意で連行したことは報道してないんですね」

「えっ何、警察はもう空き巣、いえ強盗殺人犯を見つけたの？」

報道規制を敷いているのだろうか。それとも任意同行を求められたのが俳優だから、名誉毀損《きそん》を恐れて慎重になっているのだろうか。

「ええ、私もいま聞いたところです」

「凄《すご》いじゃない、京都府警も。早期解決しちゃうなんて」

美千香が冷ややかな言い方をした。

「解決したかどうかは、まだ何とも」

「任意とはいえ、連行した人がいるならそれ相応の理由があるはずだわ」

「美千香さんも気にしてた、防犯カメラに映っていたんだそうです」

その人物は、亀井が気に入って使っていた俳優、三松で、何かにつけ亀井から叱責《しっせき》されていたという撮影での印象を話した。

「何それ、俳優なのにスタントをさせられていたの？」

怪我《けが》でもすれば俳優人生を左右しかねない、と我がことのように声を強め、

「パワハラの恨みだった。それなら監督へのさらなる嫌がらせで原稿やタブレットを持って帰ったってこともあり得るかもね」

そう美千香は続けた。

「亡くなってからも、困るようにしたってことですか」

「そう。ある種のメッセージよ」

「自分も破滅してしまうのに、ですか」

たった一度撮影を見学した菜緒が、三松に同情したくらいだから、関係者は皆亀井の三松への対応を知っているだろう。美千香が言うように、パワハラが殺害の動機だと結びつける人間も少なくあるまい。

「積年の恨みさえ晴らすことができれば、自分はどうなってもいい。それよりも相手を叩きのめしたいって怨念《おんねん》よ。縁切り本を書くのに、神社を巡っていたでしょう。結構、そういう絵馬を見た。捨て身の恨み、怖いわよ。私、そっちの方にも興味が湧《わ》いてきた」

亀井のドキュメントと事件の顛末を描くことになったら、犯人の動機の解明も必要だと、美千香が言った。

電話を切ると菜緒は篤哉に、撮影見学の慰労メールを送った。事件の経緯の説明と、オンエア日が確定していない現状を書き加えた。電話で話すと、執筆の邪魔になると思ったからだ。

8

菜緒の元に美千香から宅配便が届いたのは、午後二時だった。自分のデスクではなく、会議室に箱を運び、そこで開いた。

ワイドショー好きの香怜から、何かと質問されるのが億劫《おっくう》だったのだ。今日も出勤早々、菜緒の顔を見るなり一樹と同じようなことをレポーターよろしく質問してきた。どうせ菜緒が筆を執る決心をすれば、業務の引き継ぎで否《いや》が応《おう》でも彼女と話さなければならなくなる。

箱を開いてすぐに目にとまったのは、亀井の自宅でも目を通した覚え書きの原稿だ。

それらを傍らに置き、箱をひっくり返す。微《かす》かなカビ臭さと共に、黄ばんだり、黒ずんだりした封筒やメモが滑り落ちてきた。写真も数枚ある。風景写真の中に、絵を撮ったと思われるものもある。

五通ある封筒の一通は無地、残りはすべて、大束《おおつか》勇一郎という男性からのものだった。ハガキが四葉、これらも彼からのようで、差出人の住所は京都市左京《さきょう》区のK大寮となっていた。

それらはひとまず置いておき、一番古そうな無地の封筒から目を通そうと思った。手に取ると崩れてしまいそうな封筒を、怖々《こわごわ》つまみ上げる。消印も住所も書かれていなかった。

封筒の中に手を入れ、紙を指で挟んだ。その感触は便箋《びんせん》のものではなく、もう少し硬くざらついた手触りだった。

二つ折りにされていたのは和紙で、開くと達筆な筆文字が書かれていた。京都には綾部《あやべ》市の黒谷《くろたに》に有名な和紙の産地があると本で読んだことがある。

『笠木《かさぎ》サキ殿
あなたはかの終戦直後の満州国において、集落民の人命救助に尽力されました。貴殿の命を賭《と》した勇気ある行動に、集落民一同感謝いたします。よってここにその功績を称《たた》え深く感謝の意を表します。

開拓団　亀井次郎』

文字の崩し方に癖はなく、菜緒でもサッと読めた。

これで、笠木サキが集落の人々を救った女性だとはっきりした。次郎は感謝状をしたためていて、その息子がそれを大切に保管していたのだ。そればかりか、将史が思いを寄せていたのは、そのサキの娘だとはっきりした。だからこそ『乙女の碑』を建てようと奔走していたのだった。

ただ単に父の遺志を継ごうとしていただけではなかった。父と子の二代が、笠木サキと娘それぞれに関わっていたということになる。戦争を挟み、世代を超えた因縁めいたものを感じた。

菜緒はため息をつき、ハガキを拾いあげる。

『将史、元気か。ハガキありがとう。俺《おれ》は師走《しわす》に入ってからひいた風邪《かぜ》が一向によくならない。こういうとき肺病をやった人間はつらい。だから、やはり今年も帰省は無理だ。八ヵ月も経《た》つのにいまだ学生生活にも寮生活にも馴《な》れず、友人と呼べる人間もいないから、お前の顔は見たいんだが、仕方ない。将史も風邪引くなよ。じゃあまた』

消印は昭和三九年一二月一九日。将史が正月に京丹後のM町への帰省を促し、それに勇一郎が返信したようだ。この一葉だけで、二人が仲のいい友人だというのが伝わってくる。

別のハガキを手にする。消印は昭和四〇年五月八日で余白には、緑色した一両の路面電車が手描《てが》きされていた。

『将史、役場はもう馴れたか。お前より一年先に田舎を脱出したのにまったく馴れん。夕暮れ時になるとあれほど嫌ってたのに田畑の匂《にお》いが懐かしい。就職したお前のことも心配だし、会って話したいよ。俺がホームシックだなんて笑うよな。学友でもできれば、現状を脱することができるんだろうが。俺の性格では難しい。どうしようもなく寂しいときは、市電に乗って京都市内を一周する。こんな無為な時間が俺の救いだ。将史もあまり考え込むなよ。お互い、きっといいことがあるさ。じゃあな』

さらにもう一葉に手を伸ばす。消印は同じ年の六月だ。

『手紙、ありがとう。彼女のこと、君も辛《つら》いだろうが忘れるしかない。幻影で、はじめから存在しなかったと思うしかない。酷なようだが、それが君のためだ。でないと、君もおかしくなってしまう。夏休みに一度、会おうじゃないか。どうだろう、市内に出てくるというのは。気分を変えたほうがいいと思う。俺から電話するから。それじゃそのとき』

最後の一葉の消印は、昭和四三年五月まで飛んでいた。

『前略　ご無沙汰《ぶさた》して、すまん。俺にもいろいろあってな。いきなりの報告になってしまうけど、諸般の事情により西寺家と完全に決別することになった。卒業と共に生まれ変わるんだ。京都市内に出てきたおりに、話すよ。駅から電話をもらえば、自慢の「マツダコスモスポーツ」で迎えに行く。そうだ、京都は市内局番が三桁《けた》になった。局番の末尾に一をつけてくれ。お互い青春の卒業と行こうじゃないか。ではまた』

どれも短い文面ながら、将史と勇一郎との友情が感じられるハガキだ。青春の卒業が、西寺の家からの「決別」と関係しているのだとすれば、「お互い」という言葉は、将史の方にも何か変化があったか、または、変わることを促しているのだろうか。

実際、差出人の姓が西寺から大東に変わっていた。それにしても、卒業を控えた大学生が車を所有していたことに驚いた。

菜緒は生まれていないから分からないけれど、昭和四〇年代、いくら日本の経済が高度成長期だったとはいえ、学生が車を持っているなんてよほど裕福な家庭のはずだ。

四葉のハガキから二人の友情は垣間見《かいまみ》られるものの、京都府内の田舎と都会、それこそ車で二時間程度の距離なのに、顔を突き合わせて話すことがなかった印象を受ける。

菜緒は、喉《のど》の渇きを覚え、廊下に出て自動販売機で缶コーヒーを買うと再び長机に戻った。冷たいコーヒーを一口飲み封筒に目を移す。

消印の古い順、まず昭和四六年六月の手紙から開いた。

拝啓　梅雨の候　お元気ですか。当方、新しい暮らしに違和感を抱きながらも忙しい毎日を過ごしております。

披露宴での挨拶、ありがとう。将史との幼少期の思い出話には胸が熱くなった。ただ将史が、まだ彼女のことにこだわりを持っているのが、言葉の端々から伝わってきて、心配になって柄にもなくペンを取った。

仕事柄、彼女の家族と接触するのは仕方ないだろうが、できるだけ距離を置くべきだと思う。あの家には、おじさんも弟もいるんだ。いや、何よりおばさんが病院にいると言っているんだからな。動乱期を生きた女性として、また彼女の母親として、心の整理をつけようと必死なんだよ。それを将史が蒸し返すことは、おばさんを、いやあの家族を苦しめることになる。

戻ってこないんだから諦めて、別の女性に目を向けてほしい。幾重もの不運が重なった彼女の運命を考えると、俺だって、将史と同じように辛くなるけれど、いつまでも立ち止まっていては、将史のご両親も心配されるはず。

俺が身を固めたから言うんじゃないが、家庭を持つと前に向かって生きていける気がするんだ。親父《おやじ》、義父のことだけど、なかなか人使いが荒い人で、一人前の商社マンになれるよう毎日しごかれている。きついが、美雪《みゆき》のために頑張れる。

忘れろとは言わない。素敵な女性と出会って、その思い出を上書きするようにしていってくれ。

いろいろ書いたが、俺の真意を察してほしい。

梅雨明けまで、少しある。体調にはくれぐれも留意してください。

敬具
昭和四六年六月二三日　大東勇一郎

勇一郎が結婚して、将史はその結婚式、披露宴で挨拶をした。その礼とサキの娘のことを諦めるように説得している。つまり将史は、ずっと彼女のことを思い続けていたということだ。

あれ、これはおかしい――。

監督の生年は、出版用のプロフィールでは一九六八年となっていたはずだ。昭和四三年に監督が生まれているということは、将史はすでに清子と結婚していなければならない。

菜緒はケータイのネット検索画面に亀井の名を入力し、念のため監督の生年月日を調べた。一九六八年一二月二七日だった。四枚目のハガキが届いてから七ヵ月して、将史には和将が誕生していた。なのに、勇一郎の便りには清子の出産はおろか、結婚のことも触れられていない。それどころかまるで独身者に対するように、早く身を固めろと書いている。将史が隠していて、勇一郎は知らなかったのだろうか。

それとも互いに分かっていたけれど、あえて書かなかったのか。日付が正しいとしたら将史は、既婚者で、子供もいるのに別の女性を気にしていたことになる。

菜緒がため息をつき、同じ年の一二月一二日の消印の手紙を読もうとしたとき、ケータイの着信音が会議室内に響き渡った。

最近セットしたベートーベンのピアノソナタ「テンペスト」第三楽章は好きな曲だけれど、着信音には向いていないと後悔し始めている。劇的な旋律は、静かな場所ではいつもびっくりさせられるし、周りの人に聞かれるとなぜか恥ずかしかった。

電話は苑子からだった。彼女は三松が警察に連れて行かれたと、慌てた調子で言った。

「そのことでしたら、私も小金沢さんから伺いました」

「豪ちゃんがそんなことするなんて、絶対にあり得ません。何かの間違いです。豪ちゃんの奥さん、優子《ゆうこ》さんが見えてて、聞いていただきたいことがあるので、いま代わりますね」

「えっ、私に？」

「初めまして、三松の家内です。突然すみません」

細く小さな声が聞こえてきた。

「ご主人様が、大変なことに……」

「そのことなんですが、警察がうちにくる前に、主人と話したんです、あの夜のこと」

菜緒の返事がもどかしいように、優子は言葉を被せてきた。

事件の明くる日、亀井が亡くなったことを豊子から知らされた豪は、優子と事件についで話したという。

「『預けたいものがあるから、すぐに事務所にきてほしい』と監督さんからメールをもらったんだと主人は言っていたんです。だからそれを受け取りに行っただけで、部屋に上がってもいないって、そのとき中の様子を確かめればよかったと。あの夜は元々、東京の出版社の方と原稿の打ち合わせがある、風見さんのことですが、そう監督から聞いてたって。で、風見さんとの打ち合わせが終わった頃に、連絡すると言われてたんです」

「監督は、私と会った後に、ご主人と会うはずだったんですね。けれど、どうしても会わないといけない人とのアポが入ったらしく、私は次の朝に伺うことになりました」

「主人はそれを知らなくて、ただ前の用件が終わったら連絡すると言われていたそうです。そして連絡メールが届いたのが午前一時過ぎ。慌てて二次会を抜け出して事務所に向かったとのことです。問題はメールの文面で、さきほどの文章の後に『編集作業に入るので、よろしく』というのがついてたんです」

「それはどういう意味でしょう?」

「編集作業に入ると邪魔をされたくないから、声をかけないでくれと普段から監督に言われてたんです。役作りの資料とかをそうやって渡されることも多くて。だから、部屋には上がらず、下駄箱の上に置いてあった封筒を持って帰ったということでした」

「編集作業だと言われたら、声をかけないのが慣例だったということですね」

「ええ、そうです」

午前一時過ぎにメールを打ったのが亀井本人だとすれば、それまで生きていたということになる。

「その慣例は、みなさんがご存知なんですか」

「親しい方は、だいたい」

優子の声が小さくなった。

「メールを打ったのがご本人でなかったとしても、監督のことをよく知っている人物のメールの可能性が高いですね」

ただ、もしそのメールが犯人からのものだとすれば、どうしてそんなことをしたのだろう。わざわざ持ち帰らせた封筒の中身は、もしや監督の原稿ではないのか。期待を込めて菜緒は確かめた。

「いえ、ちがいます。興信所の調査報告書です」

「興信所？」

「ええ、昔の興信所の調査報告書です。その宛名が、監督のお父様、将史さんになってまして」

「お父さんが興信所に依頼してたってことですか」

「そのようです。それも陽子《ようこ》という女性の居所を探しておられたみたいで」

「陽子。もしかしてそれは笠木サキさんのお嬢さんではないですか」

菜緒は手許《てもと》にある亀井次郎が出した感謝状を一瞥《いちべつ》した。

「笠木ではなく汐見《しおみ》となってます。笠木は旧姓じゃないでしょうか」

笠木サキが汐見サキだとしたら、その娘が陽子で、彼女こそが将史の初恋の女性に間違いない。

「日付は書いてあります？」

「表紙には昭和四六年一〇月一〇日とあります」

昭和四六年、監督は三歳足らず。可愛い盛りであり、子育てでは重要な年頃だ。そんなときに夫が、興信所まで使って別の女性を探していた。つい将史の妻、清子に感情移入してしまい、奥歯に力が入った。

「その書類のことは警察に？」

メールや封筒の存在を確認するだろう。それでも、封筒だけを受け取り部屋に上がらなかったという三松の主張を、警察が素直に受け入れるとも思えない。

「はい、それで証拠として押収しにくるだろうから、主人がコピーを取っておけと申しまして、そのようにしました」

「その報告書のコピーですが、苑子さんに預けていただけますか」

「はい。そのつもりでここに寄らせていただいたんです」

「私もご主人のことを信じていますので、気を落とさないでください。苑子さんに代わってもらえますか」

優子は礼を言うと苑子に代わった。

「監督の本のことなんですが、私が事件を踏まえて、監督の書こうとされたことを調べるドキュメンタリーにできないか、という企画が持ち上がっています」

菜緒は監督の遺志を継ぐこと、その上で今回の事件についてもレポートしていく旨を苑子に伝えた。

「風見さんが……」

「著者が私になってしまいますが、内容は乙女の碑と戦争の爪痕、そして亀井監督のお父様の死の真相、さらに監督の事件にも迫ろうと思っています。お許しいただけますでしょうか」

しばらくの沈黙があった。

「分かりました。風見さんにお任せしますので、よろしくお願いします」

「ありがとうございます、私なりにきちんと調べさせていただきます」

菜緒は、優子が持ってきた調査書のコピーを美千香に渡してくれるよう頼んで、電話を切った。

9

最近の雨の降り方は異常だ。しとしとと降る雨に、このところ出会っていない。局所的に大量の雨が降ってくる。

菜緒を乗せた美千香の車は、亀井の実家へ向かって走っていた。雨がけたたましい音を立てて車を叩き始めた。事前に調べたサイトでは、京都の天気は終日晴れになっていたはずだ。

「雨雲が、たまった不満を一気に地面に叩きつける感じの降り方だよね。でもそう長引かない」

車を発車させた美千香が、激しく左右へ振れるワイパーに目をしかめている菜緒を慰めるように言った。

「それにしてもこんな降り方、京都のイメージに合いませんよ」

「情緒ある涙雨なんて、温暖化した地球にはもうないかもね。京都だろうが鎌倉《かまくら》だろうが、みんなスコールだわよ」

車は京都駅から烏丸《からすま》通を北へ向かい、市内の東西を貫く幹線道路、五条《ごじょう》通を左折した。そこからは国道九号線に入る。しばらく走ると全国女子駅伝でよく目にする京都市西京《にしきょう》極《ごく》総合運動公園を通過した辺りから、美千香の言うように雨がやみ、桂《かつら》大橋を越えてしばらくすると日が照ってきた。

「また、きょろきょろして。どうせ虹《にじ》でしょう?」

「虹、見るとラッキーって思いません?」

「思うけど、カザミンみたいにうまく見つけられないから」

菜緒は自分を、虹を見つける名人だと思っている。雨は憂鬱《ゆううつ》になるけれど、その後に虹を見ると、すっと気持ちが晴れた。日差しさえあれば、どこかしらに虹は出る。それがたとえ薄くても赤、黄、緑、青、紫の五色まで見つけることができた。

「虹が見られるから、雨も我慢できるんじゃないですか」

「まあね。で、虹は？」

美千香はフロントガラス越しに、ちらっと空を覗き見る。

「車で、走ってるから難しいです。それに酔うといけないから」

菜緒は空を見るのをやめて、首の後ろを手で揉《も》んだ。

「書類も見ない方がいいわ。文字はてきめんよ」

「そうですか？　私、文字は大丈夫なんですよ。馴れちゃったみたい」

「馴れるものかな。カザミンは根っからの編集者なんだわ。じゃあ苑子さんから預かった書類、読む？」

後部座席のビジネストートバッグに入っていると美千香は言った。

「苑子さんは、昨夜から？」

封筒から書類を出しながら聞く。

「私たちが調べやすいように先に行って実家を整理しておくって。なんだか、かえって面倒かけたみたいよね」

心苦しかったけれど、何かしている方が悲しみを紛らわせることができるのかもしれないと思いつつ、前方の景色に目をやった。

「山の方へ近づいて行きますね」

「沓掛《くつかけ》山じゃないかな。沓掛インターチェンジって名前だから。ここから京都縦貫道路を使うね」

車は整備された坂道を上り、加速していく。防音壁の上から覗く緑が、さっきまでの雨でよりいっそう映えて見えた。青空に浮かんでいるのは入道雲だ。

「もうすぐ夏ですね。この頃、季節の移ろいが年々速く感じちゃう」

菜緒は肩をすくめた。母の口癖と同じようなことを口にしてしまったからだ。アラフォーの年齢の証拠だ。

「速いと言えば、京丹後市まで一時間半くらいでつく。この縦貫道ができるまでは三時間近くかかったんだそうよ」

昨日、京丹後市に取材に行くと大家に言ったら、そんな話をしてくれたのだそうだ。

「休憩しないで大丈夫ですか」

「九〇分なんてすぐだからいいわ。カザミンは?」

「大丈夫です」

「警察に連れて行かれた俳優さんの家、家宅捜索されたそうよ。苑子さんから聞いた?」

美千香は、料金所でお金を払うと、再び加速させた。

「はい。これをコピーしてくれていてよかったです」

と菜緒は手許の書類に目を落とす。

「相当不利だわ。訪問したとき、すでに亀井さんが亡くなってた。それならその時点で、警察に通報するはず。でも彼は玄関に置いてあった封筒を持って帰っただけ。事務所には上がらなかったので遺体に遭遇しなかったというんだよね。そんな言い訳が通用すると思う？」

「確かに、玄関からだと、私が監督を発見した場所はまったく見えませんでしたけど……ちょっと厳しいですね」

遺体はデスクの陰で、もし玄関から事務所に入ったとしても、覗いたくらいでは見つけられないかもしれない。ただ何も言葉をかけないのは常識的に考えられないと思った。上下関係がはっきりしていれば、なおさら「頂戴《ちょうだい》します」とか「三松です、お疲れ様です」くらいの声はかけそうだ。

「そうでしょう。だいたい任意なのにお泊まりだなんて変じゃない？」

「プロデューサーの小金沢さんが、映画会社の顧問弁護士さんに相談したところ、事情聴取が二日に亘《わた》るなんて本来あってはならないことだけど、そんな場合はおそらく逮捕状を取るつもりなんだろうって」

「やっぱり」

「三松さんが日頃、撮影所で激しく叱咤《しった》されてるのは、みんな見て知っているし、その恨みで犯行に及んだと見れば、動機として成立するからまずい、と弁護士の先生も厳しい顔だったようです」

「いまだに残る映画界のパワハラ問題か。殺人の動機が、その恨みだったなんて、マスコミが飛びつきそうだわ。そもそもカザミンは、異変を感じて遺体に駆け寄ってるわけだから」

「思い出させないでください」

菜緒は身震いしてみせた。実際、原稿が散乱した事務所の様子や目を見開いた亀井の顔が夢に出てきて、目覚めると嫌な汗をかいていたことが何度かある。亀井が保管していた将史の写真を見た影響なのか、二人の顔がオーバーラップして夢に登場することもあった。

ともかく事件以来、いつも頭の片隅に、亀井の死に顔が残像として存在し、折に触れて蘇《よみがえ》ってきた。その都度、動悸《どうき》はするし、総毛立つ。

「普通は声かけるわよ」

「三松さんは、編集中だってメールを受け取ってますから」

「それでも声もかけなかったっていうなら、それこそ普段から相当なプレッシャーをかけられてた証拠よ。何があっても言いつけ通りにしろって」

「そういう見方もできますね。私は信じたいんですけど、美千香さんは、三松さんが犯人で決まりだと?」

「そうね、一番怪しいもの。それに本にした場合、最も可愛がっていた俳優に殺された映画監督と聞くだけで、どこか哀れな感じがして世間が放っておかない気がする。売れるってことが、言いたいんじゃないのよ。関心が集まるからこそ、亀井さんの思いをきちんと汲《く》み上げないといけないってことよ。事件のことは警察に任せてね」

「そうですね。やっぱり餅《もち》は餅屋ですもの」

どんどん後ろへ流れていくフロントガラス越しの雲から、膝《ひざ》の上の『調査報告書　鞍馬《くらま》口《ぐち》興信所調査人　林善太郎《はやしぜんたろう》　昭和四六年一〇月一〇日』とある書類へ、菜緒は視線を移した。

原本は和綴《わと》じだったそうで、文字は和文タイプのものだ。最近は見なくなった活版印刷の文字は懐かしい。思わず文字を指でなぞってみるが、コピーにあの紙の凸凹感は当然なかった。

『汐見陽子なる女性の消息に関する調査は左記の通りである。以後汐見陽子を甲とし、依頼人亀井将史を乙とする。乙の依頼により、昭和三八年の六月頃に東京の専門病院に入院したと聞いた、京都府中郡M町T村、丹後《たんご》縮緬《ちりめん》織を生業とする汐見芳夫《よしお》と妻サキの長女、甲のその後八年間の消息を知りたい、との依頼を受けた。乙は、母親であるサキをはじめ、父、芳夫氏、弟に当たる長男陽一《よういち》氏に再三尋ねしも、東京の精神疾患専門病院に入院していると答えるばかりで、その病院名を明らかにしなかったという。

それらの経緯を踏まえ、調査員は甲の家族、村の産婆《さんば》、小児科の主治医、近隣住民等からの聞き取りを実施した』

母・サキの証言

娘の病気は、この村では治りません。だからある人の紹介で娘が一七歳のときに東京の専門病院に入院させました。昭和三八年六月三日ですから、それから八年が経ちますが病状はよくならず、退院も叶《かな》いません。親なら寂しさで胸が押しつぶされそうになるのは当たり前です。ですが、これもみな娘のことを思えばこその決断だったんです。病院ですか、それは勘弁してください。もう、そっとしておいてくれませんか。ええ、体の方は元気ですんで。いったい誰が、娘のことを……。

父・芳夫の証言

娘のことは放っておいてもらえないでしょうか。ほんとうに可哀想《かわいそう》な子供でして、親としてはずっと手許に置いておきたかったんです。ですけど……もういなくなってしまったものをどうこうできませんから。気にかけてくださる方がいらっしゃるのはありがたいことですけど、その方にもどうぞ諦めてくださいと、お伝えください。どうかこの通り、娘のことはもう。病院は家内がひとりで決めたことですので、私も東京の専門病院だということしか知りません。これは本当です。

長男・陽一の証言

姉のこと、僕は何も知りません。突然、家からいなくなったみたいです。みたいだと言ったのは、子供の頃からずっと離れにいたし、丸一日顔を見ないこともありましたんで。ええ、可哀想でしたが、表にも出ません。病気だから近づかない方がいい、と言われて育ったんです。病名は知りません。幼い頃はうつる病気だと思ってました。小学校に上がってからうつるものではないと知りました。姉、本人から聞いたんです。ですが、離れに入ったことはありません。姉が、母が悲しむから、言いつけは守ってくれと。優しくて美人の姉でした。ただ僕が姉のことを……弟の僕から見てもきれいだったんで、絵に描いて、それが村中の噂《うわさ》になったことがあったんです。自慢したかったんですね。二五歳になるはずですから、お嫁に行ってもいい年齢ですね。病気でさえなかったら、ミス・ユニバースの日本代表になってもおかしくないほどの……。そうです、入院のことはいなくなってから二、三日後で知ったんです。それも遠い東京にある病院だと母から聞きました。寂しかったですよ、大好きだったから。姉は外に出られないし、学校にも通ってなかったから本ばかり読んでました。だから僕よりも物知りで、話が面白かった。離れの窓越しの会話でしたけどね。病院へ面会に行きたいって何度も言ったけど、母がそれだけはやめてと言うから、病院の所在も分かりません。姉に一目惚《ひとめぼ》れするのは、僕も分かります。でも、結婚は無理でしょうね。だから諦めるよう言ってあげてください。

調査員の所見

『小柄なサキ氏ではあったが、背筋が伸び凜《りん》とした佇《たたず》まいに芯《しん》の強さを感じさせた。芳夫氏の方は、丹後縮緬の職人で実直、物静かな人だった。聞き取りの際も、温厚で優しそうな表情は終始変わらなかった。陽一氏は京都の西陣織《にしじんおり》の工房で図案を制作するテキスタイルデザイナーだ。高校卒業と共に家を出て働いていることもあって、あと四年ほどで着物の図案家として独立を果たすそうだ。村を嫌って市内に出て行ったと聞いて、とんでもない親不孝者かと想像したが、社会に揉まれたのか二三歳にしてはしっかりした印象の好青年だった。つまり家人において、甲の行方を知っているのはサキ氏以外にはないのではないかと思わせる』

菜緒が書類から顔を上げ、フロントガラスを見た。流れていく雲の量がさっきより多くなってきた。

「どんどん曇ってきてるね」

菜緒の表情を汲み取ったのか、ハンドルを握る美千香が声を発した。それまで黙っていたから声が喉にひっかかった感じで、咳払《せきばら》いをして続ける。

「監督さんの覚え書きに出てきたサキさんのことだよね。旧姓が笠木で、集落を救った女性、その娘さんが陽子という名前だってことがはっきりしたわね」

すでに目を通している美千香が、確かめるように言った。

「後に汐見芳夫さんとご結婚され、陽子さんと陽一さんが生まれた」

「将史さんは、その陽子さんにずっと想《おも》いを寄せていた。彼女は一七歳から病院に入ったきりで、当時、どこの病院なのか、病状がどうなのか分からなくて、興信所に調査を頼んだって訳ね。報告書の作成は昭和四六年、将史さんはいくつ？」

「彼女と同い年のはずだから、二五歳になりますね」

「その若さで興信所まで使うなんて」

「そうですよ、自分は結婚して三つになる子供もいるのに」

「もう三つか……よほど気になってたんだわ」

「なんで男性って、そうなんでしょうね」

「怒らない、怒らない。男ったっていろいろだから」

「でも、これから子供にお金がかかるっていうのに、ほんとに、もう」

フッと短く息を吐く。

「お金のことはさておき、自分が二五歳くらいのときに、人捜しをするのに興信所に依頼するなんて考える？　そんな発想、私にはなかったな」

「私もないです。うちの母が、近所の年頃の娘さんがいる家の周りに見慣れない男性がうろつくのを見ると、ああお見合いか、結婚話があるんだなって、よく言ってましたけど」

興信所の調査員には独特の怪しさがあるから分かると、母は自分の眼力を自慢していた。そして決まって、素行には気をつけないとどこで誰が見ているか分からないから、と小言をもらった。興信所が近所の住民へ聞き合わせをするからだ。結構評判のいい娘だったと思うけれど、興信所から調査されることもなく、母の反対を押し切って結婚をしてしまった。いまとなっては、母の眼力を信じておけばよかったと思う。

「監督のお父さんは、とにかく陽子さんの消息が知りたかった。それを知ってどうしたかったんだろうね」

美千香はハンドルをほんの少し左に切った。

車が緩やかなカーブを曲がり直線に入ったところで、前方の車が遠くに見えた。美千香がアクセルを踏むと、軽自動車は唸《うな》って車間距離を詰めた。

「もうちょっとで、縦貫道の出口よ。一般道はたぶんアップダウンがきつくなるから、道が平坦《へいたん》なのはいまのうちだよ」

と言った美千香の言葉に促されるように、慌ててコピーの続きを読み出した。

『陽子の入院した病院を家族から聞き出すことはできなかった。近隣の住民への調査を開始したが、集落のほぼ全世帯が陽子の存在は知っているが、姿を見た者はおらず、一七歳で入院したことも噂話でしか耳にしたことはない。小学校、中学校にも通っていなかったゆえ、教職員も実際に姿は見ていないという。なぜそのようなことになったのか。その理由として、伝染する病気だと聞かされていた、そう皆が口を揃《そろ》えて答えた。原点に戻り、甲の出生時を知る人物、昭和二一年当時村で唯一の産婆、和田民子《わだたみこ》氏に話を聞くことにした』

和田民子の証言
そうですか、あの家の娘に、聞き合わせがね。あそこのお子は取り上げてません。全部帳面に書いてます。いや、私が取り上げたお子は全部覚えてますから、確かなもんです。あそこの娘さんの噂を聞いたとき、はて、どこの誰が取り上げたのかいな、と首を捻《ひね》ってました。噂では戦後間もなく産まれたようですが、あの頃はこの村も混乱してたさかい、出産経験のある人が取り上げるいうこともあったかもしれんわな。私は、あそこの娘は知りません。それでええですか。

『和田さんは七〇がらみながらいまだに産婆の仕事をしている。そのためか受け答えもハキハキしており、記憶力も衰えた様子は見られなかった。その彼女の話を聞き、役場への出生届けがなく、戸籍も見当たらないことに合点がいった。甲は一部の人間の間では存在していたが、法律上はこの世にいないことが判明した。そこで東京の専門病院へ入院したのは、ある人の紹介があった、というサキの話を思い出し、そちらから探るしかないと思い立った。専門医、それも東京にある病院となると、紹介したのは医師だろう、と村だけではなく、M町の医師すべてに当たった』

ある小児科医院の院長の証言

汐見陽子、診察したことはありますよ。うんと昔に、水疱瘡《みずぼうそう》でな。伝染病？　そんなことはありません……いや患者のことは口にできない決まりがあるさかい詳しくは言えません。容姿ですか、そうですね、私の診《み》たときは六つ七つでしたが、まるで宝塚《たからづか》のスターみたいにはっきりした顔立ちでした。ああこれはすまんことで、あんまりええ例やなかったかな。家内が宝塚が好きなもので、私も感化されてしもて。そうか、あの子も二五かいな。見初めた方がいても不思議じゃないね。おたく、電話でもそんなことを言っておったけんど、東京の専門病院やなんて、この片田舎からそんな遠くの病院を紹介せんやろ。ここからなら京都か、そうやな、兵庫か、大阪辺りになると思いますな。京都の間違いとちがいますか。口伝えだったら、東京都を聞き間違えること、ありますやろ？

『初老の医師は、愛想も恰幅《かっぷく》もよく、守秘義務に抵触する部分以外は何でも教えてくれた。甲の住む辺りからの患者は、後にも先にも甲だけだったからよく覚えているのだという。山道をリアカーに乗せてきたらしく、小一時間はかかったのではあるまいか。水疱瘡くらいなら近所の医者も診るだろうと言ったら、この病院は痕が残らないと評判だからと返答したそうだ。色白で端整な顔だちであること、現金払いだったことも記憶に残った要因ではないかと医師は述懐した。ここで調査は暗礁に乗り上げたかに思えた。しかし、思わぬところから甲の所在と現状を知ることになる。ある男性が医学雑誌に掲載された絵を見た。小さな窓から見える風景を描いたものだ。この男性は、甲と同じ集落にすむ人で、乙の知り合いでもある。彼は、その絵に描かれた風景の中に、見知った民家の前に佇む男性の姿を見た瞬間、それが乙であると分かったというのだ』

そこまで読んで報告書を膝に置いた菜緒は、運転中の美千香の横顔を見て、

「美千香さん」

と声をかけた。

「何?」

「絵です、小さな窓から描かれた将史さんの姿」

「ああ、それね。私もどきっとした」

「監督の持ち物の中に写真があったんです、その絵の」

「えっ、絵の写真？　なら、それが監督のお父さんの若いときの姿ってこと？　国枝さんが、お母さんのお葬式のときに監督に話してた弟さんの絵じゃないのよね」

と言いながら、美千香がアクセルを踏みスピードを上げた。

「ええ。格子を挟んで、外から描《か》かれた陽子さんの絵と逆で、陽子さんが屋内から外にいる将史さんを描いたものです。でも、顔はよく分かりませんでした」

「知っている人が見れば分かるんじゃないかしら」

防犯カメラ映像も、対象者が小さく不鮮明なものでも、知り合いには全体の雰囲気で分かり逮捕された例を美千香は出した。

「知り合いなら、後ろ姿でも何となく分かることがありますものね」

その知り合いは、もしやハガキや手紙のやり取りをしていた勇一郎ではないか。菜緒はそんな気がしていた。なぜなら将史が陽子を気にしていることを知る人間だからだ。

一般道に出た車は、しばらく二車線の道路を走る。そこは幹線道路沿いによくある郊外型のフランチャイズ店が散見され、もっと鄙《ひな》びた田舎町を想像していた菜緒には、拍子抜けだった。

そこから海の方ではなく、山の方へ向きを変えて走る。窓から手を伸ばせば木々に触れられるほど道路が狭くなってきた。窓を開けると、冷たい空気と一緒に緑と土の匂《にお》いが入ってくる。六月というより四月に近い、新緑の香りだ。

「羽衣伝説と聞いて、海辺の松の木を連想してしまってました」

「三保の松原の松に衣を掛ける方が絵になるわよね。ここだと鬱蒼《うっそう》としてて焦点が定まらない感じ」

美千香が咳払いをして喉を整えたかと思うと、急に野太い声を出した。謡《うたい》だ。

〽天《あま》の羽衣。浦風にたなびきたなびく。三保の松原、浮島が雲の。愛鷹《あしたか》山や富士の高嶺《たかね》。かすかになりて。天つ御空《みそら》の。霞《かすみ》にまぎれて。失《う》せにけり。

「どう？」

と美千香が訊いてきた。

「びっくりして、よく聞いてませんでした。上手だったと……」

「私の謡の感想じゃないわよ。謡曲『羽衣』は、浦風に吹かれて、円を描きながら空に舞い、富士山の上空まで飛んでいく壮大なシーンで終わる訳よ。こんもりとした森から飛び出したんじゃ、まるでトトロだわ」

とアニメ映画に登場した森の中に住む妖精の名を出して、美千香は笑った。

「緑の松、砂浜の白、海の群青《ぐんじょう》に青空、そこを天女が飛んでいく。そんな風に、すり込まれてたんですね」

「そう、思い込みって危険かも。丹後國風土記を改めて調べてみたのね。いま向かってる亀井家のある村、狭いから集落って言った方がいいか。羽衣伝説の里ってそこじゃないのよ。風土記に書かれてる場所は、もう少し山頂の池。近いんだけどね」

「池？　そんなに明確な場所の記述があるんですか」

怪訝な顔の菜緒を見て、美千香は羽衣伝説をかいつまんで話してくれた。

「八人の天女が舞い降りたのが、丹後国丹波《たんば》、郡の西北の隅にある比治《ひじ》の里って記述されている。いまの京丹後市峰山《みねやま》町の磯砂山《いさなごさん》という山にある井、つまり池だった」

その池の近くに木があって、その枝に脱いだ衣を掛けて、八人の天女は水浴をする。それを見ていた和奈佐老夫《わなさおきな》と老婦《おみな》が、枝に掛かった一人の天女の衣を隠してしまう。水浴を終えて、七人の天女は天に帰ったが、羽衣がない一人は人界に残らざるを得なかった。

「天女は、その老夫婦の言いなりになるんでしたよね」

「そう、老夫婦の言うことに従うから衣を返してくれって頼んでしまったからね。子供のいない二人の望み通り娘になった。そして一杯飲むだけで万病が治るというお酒を造り、機織を教え、老夫婦はたちまち裕福になるのよ。一〇年が経ったとき、お爺《じい》さんが酷《ひど》いことを言い出す。やっぱり我が子じゃないから出て行けって。そりゃあ驚いたでしょうよ。天女だって黙っちゃいなかった。人界に住みたくて残ったんじゃない、お爺さんが望んだからじゃないかってね。でも結局、家を追い出しちゃう。途方に暮れた天女は門の外に出て村人に言うの。『私は久しいこと人間世界におちぶれていて天に帰ることができません。また親しい縁者もなく、住むよしも知りません。私はいったいどうしたらいいのでしょう。

どうしたらいいのでしょう』ってね。可哀想でしょう。彼女は比治の里を彷徨《さまよ》い、辿《たど》り着いたのが船木《ふなき》の里。いまの京丹後市弥栄《やさか》町船木ってところ。そこに移り住んだときに『わが心なぐしくなりぬ』って言ったもんだから、その『慰《なぐ》しく』からこの地を『奈具《なぐ》』と呼ぶようになり、天女は豊宇賀能売命《とようかのめのみこと》として奈具神社に祀《まつ》られた。いまもこの神社はあるみたい」

「改めて聞くと、おじいさんとおばあさん、酷いですね。それにしても美千香さん、地元のガイドさんみたい」

「まあ、半分は父からのレクチャーだけどね」

対向車がくれば、すれ違うのに時間がかかりそうな幅員を、美千香は喋《しゃべ》りながら結構なスピードで走る。菜緒の方が時折身を低くして、足に力を入れていた。

「お父さん……」

「詳細は言ってないから、心配しないで。ちゃんと心得てる」

「そんなの気にしてないです。私、将史さんと和将さんをごっちゃにしてしまいそうだったんで、自分に言い聞かせようとしただけです」

いま自分たちが追っているのは、亀井の父、将史のことなのに、監督が亡くなっているせいもあって、混同してしまいそうだった。さらにサキに感謝状を贈ったのは次郎、監督の祖父だ。

亀井家三代が、少なからずサキと関《かか》わっている。

「カザミンは監督の目になって、ドキュメンタリーを書かないとならないから、ややこしいわね。『丹後國風土記』逸文の丹後国丹波の郡《こおり》。郡の西北の隅の方に比治の里、天女が舞い降りたのが比治山の頂《いただき》。比治山は、ここから三〇分ほど行ったところにある標高六六〇メートルほどの磯砂山のことで、そこに女池があって、頂上には天女のモニュメントもあるんだって。そこからだと海も望めるみたい」

「つまり集落そのものは、羽衣伝説からずれている感じなんですね」

「なまじ天女と乙女が似てるから、かえって誤解される気がしない？　将史さんは、どこに乙女の碑を建てるつもりだったのかしら」

「それです、それを確かめるのも今回の出張の目的なんです。資料の中に設置場所と乙女の碑の完成予想図、候補地の写真があったんです。そこを見ておきたいな、と思って」

裏面に「乙女の碑候補地」と書かれた写真には川を背景に大きな石が写っている。

「現地に立てば、将史さんの考え、こだわりが見えてくるかもね」

「それも自殺するくらいの思い……この調査報告書を読んでいて、監督のお父さんと友人の勇一郎さんとの手紙の中に登場する『あれ』というのを思い出したんです」

「そうか、カザミンは監督が残した段ボールの中身を読んでるんだものね。持ってきてるんでしょう」

「場所を確かめたいんで数枚の写真とハガキと手紙は持ってます。触ると傷んでしまう古いものは置いてきてますけど」

「じゃあ着くまでの間、手紙を読んで聞かせて」

「分かりました」

　菜緒は一旦《いったん》報告書をしまい、自分のバッグから四通の封筒を出した。そして自分がすでに目を通した昭和四六年六月二三日の手紙を読んだ。

「本当に結婚したことも監督が産まれてたことも、勇一郎さんに伝えてないんだ。二人の間の話題の中心は陽子さんなのね」

　美千香が不満げに言った。

「釈然としないでしょう、やっぱり」

「そうね。じゃあ次の手紙を読んで」

「いまの手紙の約半年後、一二月三日の消印がついてます。勇一郎さんは、この手紙を出す前に、電話で妻子がいることを将史さんから聞いたんだと思います」

　拝啓　師走の候ますますご健勝のこととお慶《よろこ》び申し上げます。

　堅い挨拶は抜きにして、君の体調が気になり手紙を書いた。電話では、かなり精神的に参っている様子だった。しかし、俺の結婚式に出席してくれたとき、将史はすでに結婚して、子供もいたなんてこと知らされた俺の方がきついぞ。独り身のお前を案じて説教じみたことを言っていたと思うと、あまりにも滑稽《こっけい》過ぎるじゃないか。水くさいにも程があるし、悲しくもあった。もっと文句を連ねたい所だが、それを言い出せなかったくらい、将史の心にはまだあの女性のことがあるってことだな。だが、君もあれを読めば、もう遠くにいってしまってどうにもならない存在だって思えるはずだ。何より、あれは市内でも調査には定評がある事務所が作成したものだから、納得できる。

いいか、確かに彼女は生きている。しかし、もう俺たちの住む世界にはいない。なにも思い悩むことなく、自分の家庭を守るんだ。これ以上彼女に関われば、奥さんも子供も不幸になる。お前が不幸になるってことは、俺も平静ではおられないってことが、まだ分かってないようなのが、心配だ。つまり将史は、すでにいろいろなものを背負っていて、自分一人の考えで行動できなくなっている。あれがお前に踏ん切りをつけさせることを切に願う。どうか俺の真意を察してくれ。

敬具

読み終わって咳払いをして、

「興信所って言葉は出てきてないんですけど、『あれ』というのは調査報告書で決まりでしょう？」

と言った。

「うん。鞍馬口の興信所を紹介したのが勇一郎さんなのかもね」

「私もそう思いました。だから報告書の中身を知っているんだなと、解釈しました。次の読みますね。昭和六三年八月二七日の消印のものです」

「あらま、えっと一七年も間が空いてるのね。友情に亀裂《きれつ》でも入ったのかしら?」

「いえ、そうではないようです。電話でやり取りをしていたみたいですね。とりあえず読みますね」

謹啓　お父さんのこと、心よりお悔やみ申し上げます。駆けつけたかったが、どうしても外せないアポが入っていたんだ。本当に申し訳ない。失礼ながらお線香代を同封させてもらった。もう七二歳になられていたとは。月日の経つのは早い。うちの娘は、高校生だし、君んとこの和将くんはもう成人だものな。
　そうだ、和将くんが映画の世界に進むために上京したと伺って、隔世遺伝だなと思った。中学生の頃に、君の家に行ったときチャンバラの話をしてくださったことがあっただろう?　そのとき、戦争中は時代劇も観《み》られなかったから、自由に映画が観られることが幸せだと語っておられた。「チャンバラ映画は、嫌なことを忘れさせてくれる」と嬉しそうな顔をされた。君は、そうでもなかったけれど、和将くんが銀幕の世界に飛び込もうとしてるなんて、素敵じゃないか。

娘が少し前に『火垂《ほた》るの墓』というアニメーション映画を観て、いたく感動していた。戦後の混乱期のことを教えてやりたい、と思ったんだが、俺自身がよく知らないことに気づいてね。君も知ってるように西寺の家はあんな家庭だったし、戦争の話など聞けなかった。だから、君のお父さんといろいろ話ができればと思っていたんだ。虫の知らせというのはあるんだな。

うちの会社は商社だが、繊維製品も扱う。故郷を捨てた罪滅ぼしに、丹後縮緬をバックアップしていくつもりだ。できるかぎりのことはする。その意味、地方自治体に勤める君なら分かるはずだ。ご子息のことも、大いに応援させてもらうよ。

では、ご自愛を。お母さんにもくれぐれもよろしく、お疲れがでませんようにとお伝えください。

謹白

菜緒は続けて、最後の手紙を取り出した。

前略　お前のことが心配だ。電話でも上の空だし、会おうと言っても拒否する。そしてこんな石碑のパース画をよこして寄付しろって言われてもな。町長とも話したが、どれだけ年数が経ったとしても傷つく方がいるんだから、議会での承認はありえないということだ。しかし驚いたよ、まだ彼女と彼女の家族とに関わり合いを持っていたとは。

お前の親父だって、詳しくは語らず墓場まで持っていったんじゃなかったのか。いまさら過去の傷をほじくり返してどうなるんだ。いいか、お前の記憶の中にある天女の娘は、もういないんだ。だから、あの家には近づくな。かえって悲しませていることが分からないのか。何より奥さんが可哀想だろう。何も知らず一所懸命に教壇に立っているんだ。断っておくが、寄付するお金が惜しいから言うんじゃない。自分の気持ちを軽くしたいがために、多くの人の心を踏みにじっていい訳がない。過去からの呪縛《じゅばく》を解け。とにかく馬鹿な計画は断念すべきだ。

俺たちは若くない。未来のことを考えるべきときだ。和将くんが映画を撮るようになったら、社を挙げて応援する。映画にはずいぶんとお金が要るそうじゃないか。条件が合えば、スポンサーになってもいいんだぞ。楽しみじゃないか。とにかく俺の気持ちを分かってくれ。そのためにも一度会おう。直通番号を付記するから、連絡してほしい。

じゃあ、またな。　草々

平成四年三月二一日

「平成なんだ」

信号で停車させ、美千香が菜緒を一瞥した。

「この手紙から四年後に、監督のお父さんは自殺することになるんです」

「いまの手紙から、お父さんの様子がおかしいのは分かるわね」

「国枝さんが言っていた通りで、取り憑《つ》かれたような感じがします。この年に陽子さんのお父さんが亡くなって、将史さんがサキさんの世話をやくようになった」

「あのさ、カザミンは報告書を最後まで読んでなかったよね」

「ええ、途中です」

陽子の絵の写真を思い出して中断したのだった。

「読んでみて」

「何かあるんですね」

美千香がうなずく。

菜緒はまた報告書の続きを読みはじめた。

道はしばらくアップダウンと蛇行が続き、菜緒でも文字を追うのが辛くなってきた。それでも、何とか最後まで報告書に目を通し終えると、

「どう？」

と美千香が尋ねてきた。

「東京ではなく富山県の精神科病院だったんですね」

調査員の林は、絵が掲載された医学雑誌から富山県にある精神科病院を割り出した。そしてそこにいた陽子とおぼしき女性と会っていたのだ。

『どこをどう経由してこの病院に入院することになったのか、経緯は不明。本来この病院では、身内以外の人間の面会を原則禁じていた。しかし、院長に事情を説明すると、甲に関しては五分程度の時間に限り、付き添いの同席を条件に許可された。そんな短時間で何を聞き出せばいいのか、と頭を悩ませたのだが、ある意味十分な時間だったといえる。

面会室には、喉を痛めたということでマスクを着けていた甲と、白衣姿で看護帽をかぶった看護婦がテーブルに着いていた。「あなたの名前は？」との問いには答えず、初対面の人間を訝《いぶか》る視線を向けるだけだ。仕方なく「汐見陽子さんですね」と訊くと、ゆっくりうなずく。乙からの依頼を受けて訪問した旨を話し、医学雑誌に掲載された雑誌の絵を見せ、あなたの絵なのかと確かめた。それにも黙ってうなずく。さらに絵の人物は乙かと尋ねると甲は目を閉じ、大きな目から涙をこぼした。ここで看護婦が、甲が描く絵は、いつも同じもので、格子の向こうにいる男性なのだと口を挟んだ。乙に伝えたいことはあるかと訊く。黙ったまま固まったように動かなくなった。そのとき看護婦が面会時間の終了を告げたので、まったく甲の声を聞くことはなかった。医師からも看護婦からも守秘義務を理由に、患者の病状などは聞き出せなかったから、どれだけ過去のことを覚えているのか分からないが、少なくとも乙について特別な感情があることは伝わってきた。その感情が、郷愁なのか、また乙に対する好意なのかまでは判断できない。ただ言えるのは、甲はもはや日常生活ができないほど病膏肓《やまいこうこう》に入る状態だということだ。それは甲が収容されている病室を見れば瞭然《りょうぜん》だ。それらを踏まえてなお、乙が再会を望むのであれば、当方はそれに異義を唱える立場にない。以上、乙依頼の甲の探索は終わる。各所の所在地ならびに連絡先については、別紙を参照されたし。調査人　林善太郎　昭和四六年一〇月一〇日』

菜緒は書類を閉じ、

「陽子さんの涙、どういう気持ちだったんでしょう」

と前方を見る美千香の横顔に問いかけた。

「それよ。調査人も分からないって書いてるけど、もし絵に描かれていたのが監督のお父さんだとすると、陽子さんの方も好意を抱いていたんだと思う。そうじゃないと何枚も描かないわ。なのに突然いなくなった。引き裂かれたと感じたのよ。そして監督のお父さんは、自分の結婚後に陽子さんの気持ちを知ってしまった。恋愛ってタイミングが大事でしょう?」

陽子は一七歳のとき突然消えた。将史には自分のことをどう思っていたのか、確かめる間はなかったのではないか、と美千香が言った。

「知っていたら、自分にも何かできたんじゃないかって思うでしょうしね。陽子さんへの気持ち、引きずっちゃいますね」

「調べなかった方がよかったわよ。ただ、こんなこと言うと冷たいって思われるかもしれないけど、陽子さんの状態があまりよくないから、勇一郎さんが書いてるみたいに、この世界に存在しないと思えたかも」

「そう言って諦めさせたかったんですね、勇一郎さんは」

「だけど、それが陽子さんのお父さんが亡くなり、汐見家と接触するようになってしまって……燻《くすぶ》っていた気持ちが、再燃する」

「それで『乙女の碑』建立へと突き進むことになった」

母親であるサキと話すうちに、陽子を身近に感じるようになったのかもしれない。失ったものを埋める心理が働いた可能性もある。そのとき将史の中の陽子は、たぶん一七歳のままだ。

「押絵と旅する男みたい」

江戸川乱歩の短編小説の名が、口をついて出た。

「押絵か。恋しい押絵の娘。絶対歳《とし》を取らないはずの押絵が、死んでしまったとなったら……」

美千香が横目で菜緒を見た。

そのまましばらく、二人は黙ってしまった。

10

「うーん、もう近いはずなんだけどな、苑子さんから聞いてる場所は。ちょっと一緒に探してくれる。ここの坂を下ったところが亀井家がある集落なの。右側に見える鎮守の森を過ぎてすぐの、舗装してない道を右」

と、美千香が声をかけてきた。

「田んぼの周りは森って感じですね。どれもこれも鎮守の森」

菜緒は窓から大きく頭を出した。

「無人の神社があって、その石段が目印なんだそうよ」

「葉が茂ってて、よく見えないですね」

二人は群生しているブナや杉の木に目を凝《こ》らす。車は農作業で目にする耕運機ほどの速度しか出ていない。

「あ、苑子さん」

菜緒が声をあげた。

背後の緑に飲み込まれそうになって路傍に立つ苑子が、紺色のトレーナー、Gパン姿で手を振っているのを見つけた。

美千香は彼女の誘導で、車を大きく右折させる。車一台がようやく通ることができる道の向こうに、木造の平屋住宅が現れた。家のすぐ前に駐車して、菜緒と美千香は車を出ると、苑子にお辞儀をした。

苑子が足早に家の玄関に上がり、

「どうぞ、お入りください」

とスリッパを用意した。

その手は細く見え、さらに頰《ほお》が瘦《こ》けた印象だ。

「お邪魔します。迎えにきてくださらなかったら、たぶん通り過ぎてました」

菜緒は靴を脱ぎ、框《かまち》でスリッパを履く。それに美千香も続いた。

「分かりにくいでしょう。車の音がしたので外に出たんです」

苑子について奥の居間に入る。部屋の中央に置かれた炬燵《こたつ》に、二人のための座布団が敷いてあった。

「どうぞ、散らかってますけど。一服してください。この辺は梅雨冷えで、まだ炬燵がいるんです。ホットコーヒーでいいですね」

と奥の台所へ向かう苑子の後ろ姿が弱々しい。トレーナーの背中に、白抜き文字で亀井企画とプリントされているのも物悲しかった。彼女は、夫と一緒に作業をしている気持ちなのだろう。

「お構いなく、と言いたいところですが、正直コーヒーはありがたいです。遠慮なくいただきます」

美千香が笑顔で言った。

「疲れますよね、特に馴れない田舎道って」

苑子は盆を持って戻ってくると、カップを三つ炬燵の上に置いた。

「いえ、こちらこそ、かえってご迷惑をおかけしました。ここにはよく監督と？」

菜緒は整理されている部屋を見回した。亀井の母は四年前に亡くなっているから、その後この家は無人だったはずだ。

「ドキュメンタリーを書くと言い出してからですけど、何度か。私は日帰りで、監督は時間があれば泊まりますから、電気もプロパンガスも使えるようにしてます。家って、人が使わないとどんどん朽《く》ちていくでしょう。はじめは、酷かった」

「私の家より、よっぽどきれいにされてます」

子供がいると片づかなくて、と言い訳を口にした。

「監督も子供みたいなところがあって……」

苑子が目を伏せた。

「あの、先日は電話で失礼しました。監督に成り代わって誠心誠意まとめていきます。よろしくお願いします」

監督の思いをきちんと受け止めて執筆に当たりたいという気持ちと、自費出版ではなく至誠出版としての仕事であることを改めて伝えた。

「監督の思いを世の中に伝えていただけるのでしたら、それだけでありがたいです」

苑子は言葉を詰まらせ、

「あれからもう一度、家も事務所も探したんですが、原稿はでてきませんでした」

と首を振った。

「事務所は入れるようになったんですか」

「豪ちゃんが警察に連れて行かれてから、私だけ」

ただし制服警官の許可を得て、同行の上だったのだと眉《まゆ》をひそめた。

「全面開放とはいかないんですね」

「小金沢さんが、豪ちゃんの犯行だと決まったら開放されるんじゃないかって。それも何だか……豪ちゃんがそんなことするはずないし。そもそも、もし二人の間がギクシャクしてたんなら、興信所の書類なんか渡すのは変です」

苑子は強い口調で言った。

「確かに」

菜緒は車の中で興信所の調査報告を読んだことを伝え、それを入れたバッグを見つめた。

父親の秘密が含まれた書類なのだ、信頼関係がなければ渡すはずがない。

「監督は、これを三松さんに渡してどうしようとされてたんですかね」

「以前にも、ロケハンの手伝いを豪ちゃんに頼むことがあったんです。だから、後々映画にしたときの相談をしたかったんじゃないでしょうか」

「ドキュメンタリーですから、たとえば入院先の病院が取材に応じてくれるかとか、そういうことですね」

「ええ、信頼の証《あかし》だと思います」

「三松さんがその辺りのことを証言されれば、警察にきっと理解してもらえますよ。調査報告書だって読むでしょうし……では早速なんですが」

バッグから、亀井の残していた資料にあった父、将史に届いたハガキや手紙とともに、数枚の写真を取り出した。そこから一枚を炬燵の上に出す。

「ああ、それには、私も驚きました」

苑子が写真を目にして言った。

「陽子さんは、これと同じ絵を何度も描いていたんですものね」

「なに、さっき言ってた絵？」

美千香が覗き込み、コーヒーにシュガーとミルクを入れてかき混ぜた。

「そうです、陽子さんの絵の写真です。奥さんいただきます」

菜緒はカップを持ち上げ、ブラックのまま一口飲んだ。自分では感じていなかったけれど、車の窓を開けていたせいで体が冷えていたようだ。コーヒーの温《ぬく》もりが口から喉に伝わっていくのが、心地よかった。

「上手《うま》いものね。陽子さん、絵心があるわ。そう思わない？」

「上手です。弟さんはテキスタイルのデザイナーですし、それに芳夫さんは縮緬の職人さんだから血筋なんじゃないですか」

菜緒は苑子を気にしながら答えた。

「でもこれカザミンが言うように、誰を描いたのか、知っている人にしか分からないわね」

美千香が、写真に顔を近付けたり、離したりした。

「奥さんは、これがお義父《とう》さんの若いときだと分かりました？」

菜緒は美千香から写真を受け取り、苑子の方へ向ける。

「お顔は、写真でしか見たことがないんで分からないです。監督とちがって、お義父さんは若い頃からスリムな方だと聞いてました。その絵の男性も細いですね」

「ご結婚される前に、すでにお義父さんは亡くなってたんですか」

将史が自殺したのは、亀井が二八歳のときだったはずだ。

「結婚は、監督が三二歳で、私が二四歳ですから、お義父さんがお亡くなりになって四年後になりますね」

亀井は父親と折り合いが悪く、疎遠だったので夫婦間で将史の話題が出ることはほとんどなかったという。顔写真を見たのも、自殺の真相をドキュメンタリーにすると言い出してからなのだそうだ。

「バックに描かれた家は分かります」

「ほんとうですか。じゃあそこを見ること、できます？」

「ええ。そんなに遠くないんで、後で寄ってみましょうか」

現場の空気を感じるチャンスだ。

苑子は菜緒を見て、

「たぶん、その絵を見てお義父さんだと分かったのは、友人の大束さんじゃないかと思います」

と言った。

「私も、そう考えてました。親友でもあり、将史さんの陽子さんへの気持ちをご存知なのも、その方だけのような気がします」

「大束さんって、手紙のね」

美千香が念を押しコーヒーを啜《すす》る。

「ええ、これが現物です」

菜緒は、将史宛のハガキや手紙を美千香に渡した。

「なんだか神経使っちゃう。昭和四〇年代なんてそんなに昔じゃないのに」

中学生の頃から時折父親の手伝いをしていた美千香は、民俗学の資料の整理をするとき、常にマスクと手袋を着けさせられたと以前聞いたことがある。

美千香が改めてハガキを黙読する間、苑子は地元の菓子を用意してくれた。黒豆の餡《あん》で作った『きんつば』だ。

「実家で調べものをするようになって、これを監督がよく買ってきました。きんつばなら京都市内にもあるのに」

「皮は薄く、中はぎっしりと黒豆餡がつまって、ずしりと重いですね」

菜緒は、皿を持ち、くろもじできんつばを切り、ひとかけを口に入れ、

「小豆とはちがいますね。味が濃厚。甘すぎないし」

と感想を述べる。

「監督はそれを肴《さかな》に、日本酒を飲んでました。一番合うんだって」

「お酒、お好きだったんですか。打ち上げの夜は、挨拶だけでお酒には口もつけず中座されました」

「そうですか、珍しいことです。とにかくアルコールは大好物ですから、時間がなくても

目の前にあればぐいっと飲んじゃう人なのに」

「その夜に会うはずの方への配慮だったのかしら」

「そうかもしれないです」

苑子がうなずいた。

美千香が読んでいたハガキを置き、

「これは実際に文字で見ると、余計に男同士の友情を感じるわ。まさしく親友よね」

と菜緒に言った。

「年を経て大人のやり取りになりますけど、トーンは変わりなく友が友を思いやる文章ですものね」

菜緒は昭和四六年六月二三日の手紙を手に取った。

「将史さんが清子さんと結婚したのは、昭和四三年。結婚して監督が生まれていたのにもかかわらず、お父さんはまだ陽子さんの行方を追っていたことになるんですが、それについてどう思います」

向かいの苑子を見た。

「お義父さんは二一歳、お義母《かあ》さんは二〇歳でご結婚されたと聞いてます。二人とも若いですよね。でも、この村では結構そんなものだと聞きました。それというのも皆お見合いで、男性が成人したら、いろんな人が釣書を持ってくると」

「恋愛結婚なんて、ほぼなかったたってことですね」

「お見合い以外の婚姻は、あまり歓迎されなかったんだと思います。ですので嫌な言い方をすれば、周りの勧めるまま仕方なく結婚されたのかもしれません。だから……」

「初恋の女性を忘れられなかった。でも興信所の調査が結婚前だったとしても、陽子さんとの思いは遂げられませんよね」

人にうつる病気だとうわさされている陽子を嫁にすることは、この村の常識では許されないだろう。

「監督は、お母さんが亡くなったとき、国枝さんから陽子さんのことを聞いた。そしてお父さんの自殺の真相に迫ろうとされた。どうしてなんでしょう。お母さんに対する裏切りを暴くため、それとも因習の中の悲恋を描きたかったのか。何かお聞きになってませんか」

「私、ほんとうに詳しいことは……ただ、この本をいずれ映画にしたいということと、それが実現したら、乙女の碑を建てるってことですか」

「それは乙女の碑を建てるってことですか」

「具体的には言ってなかったので」

「お父さんの遺志か」

菜緒はつぶやいた。

亀井の構想では、一章が「なぜ、父は死んだのか」、二章が「まとわりつく戦後の悲劇」、そして三章が「父の墓標は、乙女の碑――」だ。第一章では、これまで亀井が集めた父と勇一郎との書簡などの資料から『乙女の碑』の建立は、汐見サキの鎮魂のためだと想像できる。それが頓挫《とんざ》し、愛する陽子も救えなかったことの贖罪《しょくざい》で首をくくった、と結論付けてもいいだろう。第二章ではサキに起こった悲劇の正体を突き止めるべく、祖父のサキに出した感謝状と国枝の話を基に資料を収集し、戦争の悲劇を浮き彫りにする。そして第三章で、父の墓標というくらいだからお父さんの自殺と乙女の碑を結びつけるつもりだったはずだ。将史の遺志は、やはり乙女の碑を建てることの他に思い当たらない。乙女、つまりサキに、祖父の次郎、将史、和将と三代にわたって関わっている。

「まさにまとわりつく戦後の悲劇かもしれませんね」

菜緒はそう言いながら、亀井まで「天女」に取り憑かれているような感覚に襲われていた。将史と同じ五〇歳で亡くなったことさえも、偶然ではない気がしてくる。

さっき降った雨のせいで気温が下がっているのか、背筋に悪寒が走った。

「この時期、蒸し暑かったり、梅雨冷えがしたりして気温差がひどくて、カーディガンが手放せないんです。変わりやすいのが山陰のお天気なんです。いま雨は上がってるので絵に描かれたと思われる場所に行きましょうか」

苑子が、窓から外を窺《うかが》う。

「お手数ですが、お願いします」

と菜緒と美千香は頭を下げ、残っていたコーヒーを飲み干した。

田舎道を歩く覚悟で、パンツにスニーカーを履いてきた。アスファルト道はよかったけれど、土砂道に入ったとたん繁茂する雑草についた雨水で、布地の靴は重みを増した。靴下越しに感じる冷たさが気持ち悪い。前を歩く苑子はレインシューズで、横の美千香は合成皮革のブーツを履き、不快感はなさそうだった。

草むらをしばらく行くと、緑が放つ桜餅に似た香りがいっそう強くなってくる。低い丘《きゅう》陵《りょう》を上り始めると、前方から水の流れる音が聞こえてきた。

「川？」

「竹野川の支流です。小川ですけど、雨で水かさが増えてるみたいですね」

「川のせせらぎって癒やされる。空気も澄んでる感じだし」

美千香が立ち止まって深呼吸し、デジタル一眼レフカメラを構えるとそこら中に向けてシャッターを切る。

「たまに訪れる分にはいいんですけど。あ、あれです。林の手前に見えるのが汐見さんの家です」

苑子が丘の上を指さした。

手前に広い庭があって、家は木造の平屋ながら横に延びていて、面積は小ぶりのアパートほどあるように見えた。

「まあ、大きな家」

美千香が家の端から端までを見渡す。

「縮緬の仕事場を兼ねているそうです」

「そうか、仕事場でもあるんですね」

「それでも、この辺ではやっぱり一番大きな家です。問題の背景は、家の裏に行かないと見えません」

苑子が歩き出した。

「いいんでしょうか勝手に入っても」

菜緒が尋ねる。

「大丈夫です。汐見さん、陽子さんの弟さんが京都市内におられて、ちゃんと許可をもらってます」

「え、ではいまも京都でテキスタイルデザインをされてるんですか」

興信所の調査報告書には弟が京都にいることが記載されていたけれど、それから四七年も経っている。

「私、あの調査報告書を読んでから、監督のアドレス帳で汐見という名前がないか調べたんです。そうしたら電話番号が見つかって。いまも京都市内でYOデザイン事務所の代表をされてました。陽一のYOでしょうから、会社を興されたんですね。それで連絡してみたら、ずいぶん前に監督自身からロケハンしたいと申し出て、許可を得ていたんです」

「監督は陽一さんに連絡をとっていたんですか」

「みたいです。それ以上、電話では聞きづらくて」

「それは私たちがやります。後で住所を教えてください」

「住所ならここに入ってます。ちょっと待ってください」

苑子は、スマホを見て、

「京都市下京《しもぎょう》区金換町《かねがえ》YOビルとなってます。自社ビルですね、きっと」

と言ってから電話番号を読み上げた。

それを菜緒は手帳にメモした。亀井が、家を見るのにロケハンという言葉を使ったことが気に掛かる。

いまとなっては、サキや陽子を知る人間は陽一しかいないのだ。その彼に亀井は何を聞いたのか。うまくいけば、第三章に書こうとしていた内容の一端を聞き出せるかもしれない。

菜緒は勢いよくボールペンのノックを押し、先を引っ込めた。

丘の頂に着くとそこはもう汐見家の前庭だ。玄関までテニスコートぐらいの広さがあるのだろうが、いまは美千香のウエスト、菜緒のみぞおち辺りまで雑草で覆われて判然としない。

「ヘビ、いないですよね」

美千香は少女のような声を出しながらもカメラ撮影はやめない。

「どうでしょう。私も苦手で、腰が引けてるんです。実は監督に聞いたことがあって、この辺りはヤマカガシとマムシが出るそうなんですが、産卵期の八月頃以外は、向こうから襲ってくることはないって言ってました。臆病なんだそうです。こちらから攻撃しなければ、大丈夫だと」

苑子の歩みが遅くなった。

「踏んじゃわないようにしないといけないですね」

美千香は慎重に足を前に出しながら歩く。

「美千香さん、安来節《やすぎぶし》を踊ってるみたいになってますよ」

「カザミンは怖くないの」

「は虫類図鑑、嫌と言うほど見せられましたから」

一樹は、嫌がる菜緒にヘビの写真のページを開いて見せたりすることがあった。はじめは血の気が引きそうになったけれど、母を困らせて愛情を確認しているのだ、とカウンセラーに言われて、歯を食いしばって馴れるよう努力した。よほどグロテスクなもの以外は、は虫類でも昆虫でも、一瞬鳥肌が立つ程度でおさまるようになった。

「男の子を育てるのって大変ね。でも、ヘビに馴れるなんて私は信じられない」

と言いながらシャッター音は途絶えなかった。現場の臨場感をすべて写真に収めるつもりのようだ。

家の軒先までくると、砂利が敷かれていることもあって草が少なく、歩きやすくなった。家屋の外壁に沿って歩き、裏に出る。

そこには小屋が二軒並んで建っていた。

「右側にあるのが、例の離れだと思います」

苑子は小走りで小屋の窓を背に立った。窓は格子をスライドさせて開閉するタイプで、いまは閉じられていて板塀と変わらない。苑子は自分が窓の中央にくるように、左右に動かし位置を変えて、

「ここから見える本宅の壁と、勝手口の上に付いている外灯の形状を見てください」

と、小学校時代にした前へならえのように、両手を突き出した。

菜緒は写真を手にして、苑子の立っている位置に移動する。右手に写真を持って、陽子の絵と見比べた。

家の中の格子から垣間見《かいまみ》える人物と背景は、スリットを回転させることで静止画を動いているように見せる、ゾエトロープの絵のようだ。目を薄く開き、境目をぼかすと全体像

が浮かんできた。

壁はコールタールを塗ったむき出しの板で、似ているけれど他の農家にも用いられているものだから、決定打にはならない。だが、半円形のクエスチョンマークのような金具に裸電球がぶら下がった外灯は、酷似していた。

「間違いないですね」

菜緒はさらに目を細めて、確かめた。

いつの間にか横に並んでいた美千香が、菜緒の手から写真を奪い、お尻《しり》で押してきた。センターを美千香に譲る。

「家の中は床の高さがあるから、私の目線が近いわね」

と美千香が、勝手口付近の写真を撮る。

「それでどうです？」

「もしかしたら、将史さんがそこの勝手口付近に立っていたのは、夕暮れ時だったかもしれない。中が暗いから、全体に明るく見えたんでしょうけど、外灯の回りがぼかしてあるのよ。だから男性の顔が暗いんだわ」

ファインダを覗いたままで美千香が言った。

「それでも輪郭と立ち姿には特徴が出ているってことでしょうね」

車の中で美千香の言っていたように、これを見て将史だと分かった人がいたのだ。それだけ上手く特徴を捉《とら》えているにちがいない。

「でも、幽閉という雰囲気がぴったりの格子つきの離れね」

美千香が振り返り格子窓に顔を近づける。

「中は八畳くらいあるんでしょうかね。でも、窓がこれでは息が詰まります」

菜緒は格子に両手をかけた。

「はじめは何かの病気で、その後精神にトラブルをきたしたという理由でここに閉じ込められていた。それを村の人たちはどう思ってたのかしら。弟さんが絵にするまで、問題にならなかったんでしょう?」

「どう思います?」

菜緒は、勝手口の側《そば》にいる苑子に訊いた。

「閉鎖的な分、結束も固いって監督は言ってました」

「そうか、村を救ったヒロインの一人なんだもんね、お母さんは」

美千香が胸ポケットから出したサングラスをかけた。西日が強くなり始めていた。

「日が落ちる前に、ここを見たいんですけど」

バッグから『乙女の碑』完成予想図を出して苑子に示す。

「そこ、ですか」

と答え、苑子は図面から視線をそらした。

「ここから遠いんですか」

「いえ、すぐ近くなんですけど……心構えが必要で」

「どういうことですか」

「石碑の建設予定地は、お義父さんが亡くなった場所に近いんです」

結婚後夫婦で花を手向けに行ったとき、林の木を見上げて目の前が建設予定地なんだ、と亀井が言ったそうだ。

「そうだったんですか」

「首を吊《つ》って亡くなったのは知ってますけど、その木を見ると、あまり気持ちがいいもんじゃなかったので」

「本当にすみません。私たち、奥さんに嫌なことばかり思い出させていますね」

「いえ、私が弱虫なだけです。大丈夫です、行きましょう」

彼女の案内で着いた建設予定地は、いまいた離れの裏から急勾配《きゅうこうばい》の斜面を川端まで下り、少し上流に向かって歩いた場所だった。そこへの道は荒れ放題で、いっそう歩きづらかった。

「獣道みたいなものですね」

菜緒は、きた道を振り返って目で辿る。乾きかけていたスニーカーの中が再び湿ってきていた。

「こんな場所に碑を建てても、誰もこないんじゃない」

美千香は辺り一面に生えた雑草を見渡す。彼女の声の後ろで、川の水音がしている。

菜緒は予想図と候補地の写真、景色を見くらべる。

「予想図のパースには後ろに川が描かれてますから、位置関係からすると、その大きな石の辺りですか」

「そうだと思います。監督が、子供の頃、亀石と呼んでた辺りです」

「まず石を撤去して、周りの木を伐採……レンガで道を作ったとしても、目立つ場所じゃないですね」

碑を見ようと思うと、低いとはいえ丘陵を越えなければならない。

「人は呼べないと思います。いったい親父は何を考えてたんだって、監督も言ってました」

苑子がコナラの木の横に移動し、

「ここに花を手向けたんです」

と根に目をやった。

菜緒は苑子と正反対に木を見上げて、

「じゃあ、ここで……」

とつぶやいた。

「そうみたいです」

苑子は見上げず、答えた。

「本当に建設予定地の真ん前なんだ」

シャッター音を響かせながら美千香が草に分け入り、予定地とおぼしき地点に立って菜緒の方を振り返る。そこは一坪もない場所だった。

「ここに立つと『遅くなったが天女の娘の元へ行く』というのが、腑《ふ》に落ちてしまう。それが何ともやりきれないですね」

菜緒が、美千香へとも苑子へともつかぬ言葉を投げ、パース画に添えられた碑文に目をやった。

『ここより羽衣の／乙女らの天に舞ひしことは／疑ひなしや／皆の幸の在所か／よき人生となりにけるかな／照覧あれ』

声に出して読み、

「これだとここで天女たちが水浴びをして、ここから飛び去ったみたいな印象を受けますね。どうなんですか」

と美千香に聞いた。

「車の中でも説明したけど、丹後國風土記の記述はざっくりしているようで結構限定的なの。磯砂山という山にある井というのが池じゃなくて川だというのはちょっと違う。井には泉とか、湧《わ》き水とか地下水を貯《た》めた場所という意味があるから、流れがある川を井とは表現しないと思う。それにここを磯砂山の中に入れてしまうのも乱暴ね。ぎりぎり村全体が天女にまつわる土地だという意味なんじゃないかな」

広告宣伝としては常識の範囲内だと美千香は言った後に、

「と言っても観光資源じゃないし。でも、何かおかしい」

と漏らした。

「何がです？」

苑子は美千香の顔を見た。

「碑を建設するのは鎮魂のため、人に来てもらって祈りを捧《ささ》げてほしいからだと思う。でもこんな分かりにくい場所じゃ……監督のお父さんの意図が、どうも見えてこない」

「でもお義父さんはこだわり続けたんですね。命懸けで」

苑子がそう言ったとき、川風が荒野の雑草を揺らした。

「陽一さんと大束さんに会いに行きましょう。碑にこだわった将史さんの気持ちが知りたいです」

風に翻った図面を手で押さえながら、菜緒は言った。陽一は当事者の家族として、勇一郎は親友として『乙女の碑』への将史の思いを聞いているかもしれない。

「では、大束さんの住所も探してみます」

と苑子は髪の乱れを整えた。

11

亀井の実家に泊めてもらった菜緒と美千香は、明くる日の朝、羽衣伝説ゆかりの地を見て回った。

比治山の山頂にある八人の天女をモチーフにしたモニュメント、そこから一望できる町の様子も美千香はカメラに収めてくれた。伝説の天女たちが見た風景として、表紙か口絵になるだろう。

山頂へ向かう前に美千香が天女伝説を伝えるもう一つの神社を見ておきたいと言い出した。天女伝説を紹介するのが目的ではないから、と菜緒は難色を示したが撮影だけという美千香に負け、山の麓《ふもと》の「乙女《おとめ》神社」へ立ち寄ることになった。

「ここ、ここ、ここの『さんねも』羽衣の伝説というのも面白いのよ」

鳥居を何枚も撮影しながら美千香が嬉《うれ》しそうな声を出した。人にレクチャーしたいとき、彼女の声は華やぐ。

「三右衛門《さんえもん》って猟師さんなの」

「天女の羽衣を持って帰ったのが老夫婦じゃなく、三右衛門が「さんねも」と変化したと美千香は解説を挟み、

「この三右衛門は羽衣を家宝にすると言ってきかない。それでまんまと天女と暮らすことになるのね。で、三人の子供をもうける。でもね、やっぱり故郷、天上の世界が恋しくて、隠してあった羽衣を見つけると、それを使って飛んでっちゃった」

と見上げた空は、いまにも雨が落ちてきそうな灰色をしていた。頂《いただき》からの眺望がきれいに撮れるのかが心配になった。

「子供を置いて？」

「お母さんの菜緒は、やっぱりそこに引っかかるわね。私は好きでもない男性なんか絶対拒絶する。たとえ羽衣との交換条件だったとしても……まあ伝説にムキになってもしょうがないわ。子供を捨てることへの後ろめたさがあったのかは分からないけど、天女はこう言うのよ。『七日七日に会いましょう』って」

「七日ごと？　週一回、会うんですか。離婚した夫婦の面会にしては多いですね」

菜緒は別れた夫の声も聞きたくない。

「大昔の日本のことだから、一週間なんて概念があるわけないんだけどね」

「それはそうですね」

「さんねも？」

「だけど、ああ一週間かって思う。ところが、ここに天邪鬼が登場する」

美千香が鳥居の前の石段に腰掛けた。

美緒は空模様を気にしながら、横に座る。ひやりとした感覚が臀部に伝わってきた。これから梅雨冷《つゆび》えしてきそうな気配だ。

「天邪鬼ということは、何か悪戯《いたずら》をするんですか」

「ええ、七日七日を七月七日って、三右衛門に伝えた」

「七月七日って」

「そう、この伝説が七夕《たなばた》の発祥じゃないかって言われてる。それだけじゃない」

別れがたいと嘆く三右衛門に、天女は夕顔《ゆうがお》の種を渡したのだそうだ。その夕顔が天まで育って、その蔓《つた》を昇って天上界へ行き着いた三右衛門に、天女は天の川に橋を架けてくれと頼む。ただし、橋の完成までは自分のことを思い出さないでほしいと言った。

「でも、完成を間近につい嬉しくなって、天女を思い出してしまった。すると天の川が氾《はん》濫《らん》を起こして橋も流されてしまうの。もちろん三右衛門も下界へ逆戻り。七夕とか天橋立を彷彿《ほうふつ》とさせる伝説でしょう？　丹後地方は伝説の宝庫よ」

「天上界の川の氾濫が起こりそうなので、モニュメントの方へ急ぎませんか」

「ほんと、雲行きが怪しいわね。ごめん、ごめん」

美千香が反動をつけて立ち上がった。

そこからはちょっとしたハイキングだった。何度も空を見上げて、いつ降り出すか分からない雨に怯《おび》えながら、数十分かけて頂上に着く。

八人の天女のモニュメントは、美千香が話してくれたような伝説に浸《ひた》るには整備されすぎた感があった。それでも眺めは素晴らしく、天女が空へ舞い上がったとすれば、こんな見え方をするだろうと思わせた。

いまならここまで登らずともドローンで雰囲気を味わうことができるだろうが、昔の人にとっては貴重な眺めだっただろう。

ここに佇《たたず》み、物語を創造した人間がいても不思議ではない。それが口伝えで広がり、伝説化していった。先入観があるからなのか、伝説の残る場所には、独特の空気が漂っている気がする。

将史が『乙女の碑』を建てようとした場所には、そんなものは感じなかった。

どうしてあんなところに――。

「カザミン、もう限界。急いで車に戻ろう」

町を一望する風景を撮影していた美千香が、黒雲を指さす。

「だから言ったじゃないですか」

二人は急いで下山したが、途中で激しい雨に遭《あ》って、濡《ぬ》れ鼠《ねずみ》で車に飛び乗った。

六月に暖房をつけた車で帰路につき、美千香の家に着いたのは、午後三時前になっていた。京都市内に入ってからいっそう雨脚が強くなり、そのせいか道が渋滞していたのだ。

苑子と別れる前に陽一に連絡をとり、午後四時に会う約束をしている。二人は急いで衣服を洗濯機に放《ほう》り込むと、シャワーを浴びた。

ホットチョコで小腹を満たし、予備の服に着替えると、菜緒は場所が京都駅の近くだと聞いて帰宅準備を整えた。

京都の地理に明るい美千香は、上手に抜け道を通り、金換町のYOビルの駐車場へ一〇分足らずで車を滑り込ませた。

三階建てのビルの一階は、着物やタペストリー、カーテンなどを展示するギャラリーになっていた。

玄関横に螺旋《らせん》階段があり、そこをラフな格好の若い女性が小走りで下りてきた。そのタイミングが絶妙だった。

「こんにちは」

女性は丁寧に頭を下げる。

「社長の汐見さんと四時に約束している、至誠出版の者です」

菜緒が告げると、女性は展示室の中央にあるテーブルに案内した。

彼女が日本茶をテーブルに運んでくれたとき、階段を下りる足音がした。見れば作務衣《さむえ》を着た初老の男性が、ゆっくりと歩いてくる。

姉の陽子が将史と同い年だから、陽一も七〇くらいになっている計算だ。ただそうは見えず、細身で白髪をきれいに束ねた姿は若く映る。

二人は椅子《いす》から立ち、

「突然のお電話、失礼いたしました。今日は貴重なお時間を割いていただき感謝いたしております」

と名刺を差し出した。

「汐見です」

名刺を交換すると陽一が美千香を見た。

「私が東京なもので、京都で手伝ってもらっている編集者の加地さんです」

菜緒の紹介と同時に、美千香も陽一に挨拶《あいさつ》をして名刺交換した。

陽一が座るよう促し、三人が腰を下ろす。

「亀井監督のことは、驚きました」

「本当に残念です。それで、お電話でお伝えしたとおり、亀井監督がお父さんのことを本にまとめようとされてました。その途中で亡くなったんですが、ご遺族の要望もあって、出版することになったんです」

原稿に抜けている部分があって、それを自分たちが埋める作業をしている、と菜緒は説明した。

「映画ではなく、本ですか」

「本来はドキュメンタリー映画にしたいと思っておられたようです。スポンサーがつきにくいということで」

「僕は好きですけどね、ドキュメンタリー。けど、テレビでも深夜にしかやってないですから、難しいんでしょうね」

「亀井さんとは、電話で話されたと伺ってます」

「私の実家を撮りたい、と。ロケハンだと聞いてます」

「突然の電話だったんですね。びっくりされたでしょう？」

「はい。亀井という姓には覚えがあったけれど、テレビ時代劇の監督をされていることは知りませんでした。そのとき知ったんです」

「他にどんな話をされました？」

「将史さんの息子だと聞いて、故郷での昔のことをいろいろ思い出しましたけど、彼とは面識がないので特には何も。家の撮影に敷地内に入ることを許可してほしいという話でした。長い間手入れができてないからあちらこちら傷んでいるはずで、危ないからものに触れないようにとだけ、ただそれだけを伝えました」

陽一は肩をすくめた。

「それだけ、ですか」

「それだけです」

きっぱり言った。

「いつからご実家には帰っておられないんですか」

「お袋が亡くなったのが、ええっと……二二年前。それから五、六年ほどは、年に数回帰省してましたかね。息子夫婦が孫に自然を体験させたいと言って。けどそれも孫が中学生に上がるまでのことで。僕、一人では帰らないから」

厄年《やくどし》の時に物損事故を起こして以来、車の運転をしなくなったのが理由だと陽一は言った。

横でメモを取っていた美千香が、

「家を撮影する理由をロケハンだとお聞きになって、よくすんなりと許可を出されましたね。だって、電話だけで本物の亀井監督だって分からないじゃないですか」

と、言った。

「なるほど、あなた、えっと加地さんは鋭いですね」

「いいえ、一六、七年間、放置した家を他人に見せることに、私なら抵抗があるというだけです。だから相手を確かめませんと」

美千香がじっと陽一の目を見る。

「まず将史さんの息子、次郎の孫の亀井和将だと名乗られた。それから、格子の嵌《は》まった離れを見たい、とおっしゃった。いたずらでここまで調べる人間はいないでしょう。いや、いたずらだったとしても、同郷の者にちがいない」

「同郷の人なら敷地内に入ってもいいと？」

美千香の聞き方は、皮肉を込めても不快に思わせない。

「盗《と》られるようなものもありませんから」

陽一が笑ったとき、先ほどの女性が現れ、彼の前にも茶を淹《い》れた湯呑《ゆの》みを置いていった。

「スタッフは何名おられるんですか」

菜緒が階段を上がっていく女性の足を見ながら質問した。

「デザイナーは七名で、その他、経理とかのスタッフが四名。あとはお荷物の僕。一二人の零細企業です」

陽一が微笑《ほほえ》み、茶を飲んだ。

「お荷物だなんて、そんなこと」

「糸偏、いや繊維関係は、昭和の四〇年代からすでに苦しい、まあよく辛抱している方でしょうね。全盛期は一〇名以上のデザイナーがここにいましたよ」

「テキスタイルの道に進まれたのは、やっぱりご家業の影響ですか」

汐見家が丹後縮緬《ちりめん》の工房だったことは知っている、と菜緒は付け加えた。

「よくご存知《ぞんじ》で」

陽一の顔が険しくなった。

「将史さんとは親しかったんですか」

「二つしか変わりませんからね。将史さんが、うちのことを監督にいろいろ話してたんですね」

「いいえ、将史さんは、ほとんど何も監督に伝えずに……」

「書き残しても、おられない？」

「ええ。だからお父さんのことを知るための手がかりは、親友との手紙やハガキのやり取りしかなかったようです」

そこに何度か出てくる女性が、陽一の姉、陽子だったのだ、と菜緒は言った。

「その親友というのは、大東さんのことでしょう。二人とも、姉のことを本当に心配してくれてましたから」

商社に勤める勇一郎とは、故郷でも親しかったが、京都市内に出てきてから仕事の上で一層世話になってきたのだそうだ。

「私たち、あなたのお姉さん、陽子さんのことを調べた興信所の調査報告書を入手しました。そこに汐見さんのおうちのことが書かれていたんです」

「そんなものをお持ちなんですか」

陽一は驚きの声を上げるでもなく、ただでさえ深い眉間《みけん》の皺《しわ》をさらに深くした。そして少し間を空けて、

「それを本に？」

と、鋭い視線を向けてきた。

「いいえ、掲載するつもりはありません。汐見さんのプライバシーに関することですから」

「絶対に載せないでほしい。姉が、あんな風になった責任のひとつは僕にもあるんで……」

「さきほどおっしゃった窓に格子のついた離れを、あなたは小学生のときに絵にされた。そのことですね」

「……興信所の人間にも、確か話したと思うんで、おそらくそのことは報告書でも触れているでしょう。とにかく姉は綺麗《きれい》でした。子供だった僕でも、それは分かります。しかし絵にしたのは、あまりに浅はかだった」

陽一は素早く湯呑みを手にし、茶を啜《すす》る。

「そのお姉さんも絵が得意だったんですね」

菜緒は陽子の描《か》いた絵を思い浮かべる。

「僕よりも上手《うま》かった。ひとりぼっちで、寂しかったでしょうから、本を読むか、絵を描

くか。それくらいしかやることがなかったんだと思います。竹ペンを使うんです。だから離れからは、常に摩《す》った墨の香りがしていました」

互いの絵を見せ合って遊んだこともある、と陽一はやや上向きになり目を瞬《しばた》いた。

「陽子さんがずっと離れにいることをどう思っておられたんです？」

家族なのに別々に暮らしていることを、両親はどう説明していたのだろうか。

「物心ついたときには、もうあそこにいましたし、母に聞いても、ただ表に出てはならない病気だとしか言ってくれない。結局、分からずじまい……」

『幼い頃《ころ》はうつる病気だと思ってました。小学校に上がってからうつるものではないと知りました』、と調査報告書にあった。それを教えたのは陽子自身で、ただ離れに入ってはならないという母の言いつけに対して『母が悲しむから、言いつけは守ってくれ』と気遣いを見せている。幽閉しておくほどの病状だとは思えない。

「お姉さんが入院されたのは一七歳、汐見さんはおいくつでした？」

「一五です」

「それまで接してこられて、入院するほどの病気だとは思われなかった？」

格子越しとはいえ、陽一は陽子と対話をしている。一五歳なら、姉の様子を客観的にとらえることもできる年齢だ。

「読んだ本の話をしてくれるんですが、聞いていて目の前に映像が浮かんでくるんです。

僕はそれが楽しみだった。声がきれいで優しくて。本当は病気だなんて思ったことはなかった」

陽一は話の途中で何度も咳払《せきばら》いをし、喋《しゃべ》り終わると茶を一息で飲み干した。

「陽子さんご本人は、その状況をどのように思ってたんでしょう。一七歳になるまでには反抗期もあるし、感情が爆発することもあったと思うんです。何より幼いときは閉じ込められていることの意味が理解できないから」

陽子が離れに幽閉状態だったと聞いたときから抱いていた疑問だ。二つ年下とはいえ、ほぼ同時期に成長してきた弟にになら、陽子は本当の姿を見せてきたはずだ。

「どうして逃げ出さなかったのか、とお聞きになっているんですね」

陽一は確認するような言い方をして、ソファーに座り直す。

菜緒はうなずき、陽一の唇が動き出すのを待った。

「小さいときは、外から鍵《かぎ》をかけてたし、物心がつくと、外に出ると死ぬと言い聞かされてたようです。もっと大きくなると……いや、これは……勘弁してください」

低い声で言って、陽一は自分の足元に視線を落とした。

「理由はともかく、自分から逃げ出すことはなかったんですね」

返事はない。菜緒は続ける。

「興信所を使った人、ご存知でしたか」

「それは、調査のときから察しがついていました。将史さんです。僕と仲がよかったし、村の人間で姉と直接話をした者は、ほぼいませんから……」

その後も将史とは連絡を取り合っていた。彼が役場にいて、父親の死後一人暮らしになった母を気にかけてくれたお陰で、自分は安心して市内で仕事に打ち込めたと、陽一は言った。

「だから、将史さんが自殺したと知ったとき、真っ先に姉と母の泣く顔が浮かびました。人間の記憶っておかしいですよ、そのときすでに母は亡くなってるし、姉なんかまだ一七歳のままの顔で泣いてる」

「あの、これを見てください。これは将史さんですか」

菜緒は、陽子が入院中の病院で描いた絵の写真を見せた。

強い老眼なのだろう、陽一は近付けるのではなく、写真から顔を離して見る。

「これは、姉の絵……そうです将史さんです」

「顔がはっきり描かれてないんですが、間違いないですか」

「間違えるはずないですよ。この絵を描いたとき僕も側《そば》にいたし、いまも同じ絵を持ってます」

「えっ、ちょっと待ってください。これは、病院で描かれたものなんだそうです」

菜緒は医療関係の雑誌に掲載されていたものだと言い、興信所の調査報告に記載されている絵に関する話を陽一にした。

「じゃあ、入院してからも、あのときのことがずっと姉の頭に残ってたってことですね」

自分を訪ねてきた将史が姉と話したいと言ったので、内緒で会わせたのだという。

「将史さんだけは僕の絵を見て褒《ほ》めてくれた。彼も絵を描くのが好きで、色を作る際の絵の具の混ぜ方とか構図なんかを教わるようになった。姉も絵が上手いんだと言ったら、じゃあ絵を見せてとなって」

月に二度ほどだったのが週一度くらいの頻度で、三人は離れの格子窓の前で会うようになった。皆が陽子がこしらえた竹ペンを使うことから「竹ペンの会」と名付けていたのだそうだ。陽一が一三歳、将史と陽子は一五歳のときだった。

「姉と将史さんは、はじめはギクシャクしてたんですが、そのうち二人で笑い合うようになって、僕も楽しかった。だって姉が笑うなんて、そのときくらいだったから。で、あるとき姉が将史さんをモデルに絵を描きたいと言い出したんです。それがこれです。その後も同じ絵をずっと描いてたようで、離れには二、三〇枚ほど残ってました。まったく同じ絵ですよ」

と陽一が震える声で言うと、写真を菜緒に返す。

「あなたは将史さんのお姉さんへの気持ちを」

そこまで菜緒が言うと、陽一は、

「分かってました、痛いほど。僕自身が望んでいたことでもあった。こんなお兄ちゃん、あんなお姉ちゃんがいたらいいなと夢想すること、誰しもあるでしょう。だから、僕は離れの鍵の在処《ありか》を将史さんにだけ教えていた。姉が明るく笑うのが何より、嬉しかったんです。でも将史さんが兄になることはなかった。何度もいいますが、絵のことや二人が思い合っていたことは触れてもらっていいですが、病気のことは書かないでやってください」

と小さく頭を下げた。

「分かりました。近所の人にも、陽子さんの存在を隠しておられたように思うんですが」

「僕が生まれる前から、ずっとそうしていたんでしょう。村の人もうすうす知っていても黙っていたように思います」

「最後にもう一つ。昔の話になるんですが、満蒙開拓団という言葉を、お母さんからお聞きになったことはありますか」

できるだけあっさりと尋ねた。

「やっぱり、そのことに行き着きますか」

陽一が鼻で笑った。

菜緒たちの目を気にしたのか、

「いや、すみません」

と謝って陽一が続ける。

「根も葉もない噂話《うわさばなし》の方が、真実よりもうんと速く広まっていく。この歳《とし》ですけど、ネットを活用してます。実にくだらんことが拡散してるのを見るにつけ、閉塞《へいそく》された村と似てるなとつくづく思います。どうせ、引き揚げの際に行ったことで、母が外国人の子を身ごもったというデマ、そのことをお聞きになりたいんでしょう?」

と息を吐く。

「デマだったんですね」

「色白で目鼻立ちがしっかりしていただけです」

「そうでしたか。私たちは、事実を知りたいだけで他意はありません。お気を悪くされたのなら謝ります」

菜緒は頭を下げた。

「あなたが悪いと言ってるのではないんです。将史さんのお父さんが……」

「次郎さんですね」

菜緒は人間関係を整理したくて、あえて確かめた。

「ええ、あの人が生きている間はその噂を口にするものはいなかった。けれど、亡くなってからは両親を苦しめたみたいです。とくに親父《おやじ》の立場はなかったようで、悩んでましたよ」

次郎が亡くなってから四年して、陽一の父、汐見芳夫が急性心不全で死んだという。

「そうでしたか」

菜緒は美千香の目を見る。

それに反応するように、美千香が口を開いた。

「風見の質問と重なってしまうんですが、集落の人々が無事に引き揚げてこられた陰に、お母さんたちの犠牲があったという事実を、汐見さんはいつお知りになったんでしょう？」

菜緒はハッとした。陽一があまりにさらりと「お接待」のことを口にしたため、重要なことを失念していた。汐見サキの過去は、我が子にだけは知られたくないものだ。できれば、生涯隠し通したかったにちがいない。それをどういう経緯で息子が知ることになったか、押さえておくべきことだった。

菜緒は茶で唇を湿らせ、陽一の答えを待つ。

陽一は固まったように動かない。

美千香がちらっと菜緒を見て、

「それを知ったときの汐見さんの衝撃は、想像を絶するものだったと思います。いったいどなたからお聞きになったんでしょう？」

と聞き直す。

それでもしばらく、陽一はじっとテーブルに視線を落としたままだった。そして腕時計を見遣《みや》り、重い口調で言った。

「もう勘弁してもらえないか」

「では、これだけ教えてください」

美千香がノートをしまいながら続ける。

「亀井将史さんが企画した『乙女の碑』について、どう思っていらっしゃいます?」

「さっきも言いましたが、将史さんはお袋の面倒をよくみてくれました。病気になって弱気になり寂しくてお袋が将史さんを頼りにしたのもよく分かります。しかし、あれは許せない。いくら親父が亡くなった後でも……可哀想《かわいそう》だ。もういいでしょう」

陽一が立ち上がった。

12

菜緒は、東京駅二一時過ぎ着の新幹線に飛び乗った。席に座ると間もなく列車は滑り出し、息を吐く。

なぜか入場券を買ってまで美千香が見送り、その際に持たせてくれたビニール袋を開く。

ペットボトルのお茶と小ぶりで真四角の駅弁が四つ入っていた。一樹と面倒を見てくれている母、そして父へのものだろう。いつもながら美千香の配慮は行き届いている。

菜緒はお茶を飲んで一息つき、前席の背面テーブルを開いてその上にお弁当を一つ載せた。車内は満席で、六時半を回っている。そこかしこから弁当の匂《にお》いが漂ってきていたせいもあって、お腹《なか》が鳴ったのだ。

ばらずし。

関東でいうちらし寿司《ずし》に近い。

弁当を結んだ紐《ひも》に手をかけたとき「網野《あみの》名物」と橙色《だいだいいろ》の文字で書かれているのが目に入った。網野も京丹後市だ。美千香がわざわざホームまできて、ニヤニヤしながら手渡した意味が分かった。

描かれた絵も海岸の松のようだ。蓋《ふた》を開けると箸《はし》の入った袋と一緒に紙片がついている。そこに「ばらずし」の説明があった。

丹後地方の一部に伝わる独特のもののようだ。鯖《さば》のおぼろが入っていて、お祭りやお祝い事、人が集まるときに出される家庭料理なのだそうだ。

何気なく、裏を見る。そこに「うみゃあ」という美味《おい》しいを意味する丹後の方言が紹介されていた。その代表にお酒が取り上げられている。

小さい文字に目を凝《こ》らした。

『丹後地方のうみゃあ酒造りの歴史は、峰山町の羽衣伝説に始まります。水浴びをしていた天女の羽衣を老夫婦が隠してしまい、天に帰れなくなった天女はやむなく老夫婦の養女となりのちに酒造りに励んだということです――』

やはり京丹後という町は、羽衣伝説の色濃く残るところなのだ。

そんな町に『乙女の碑』は似ているだけに、紛らわしい。町のPRにはならず、本来のいわれを説明している訳でもなく、戦争の爪痕《つめあと》を後世に伝える役目も果たしていない。

将史の計画は、いたずらに関係する人々の過去を蒸し返し、治りかけていたかさぶたを剝《は》がすようなものに過ぎなかった。

陽一が「許せない」と言うのもよく分かる。

なぜそんなことをしたのだろうか。

菜緒が折箱の蓋を開けると、鯖のおぼろの上に錦糸《きんし》玉子、干瓢《かんぴょう》、たけのこ、椎茸《しいたけ》、蒲鉾《かまぼこ》、青豆、しその葉、生姜《しょうが》が載った寿司が現れた。ちらし寿司のように生の魚介は載っていない。箸を入れ、ぎっしりと詰まったご飯を口に運ぶ。淡い酸味と甘さが口に広がり、少し遅れてじわっと鯖のうま味が味蕾《みらい》に届く。

美味しい、と声が漏れた。気づかれなかったか両隣を確かめる。

お寿司は二層になっていて、一層目との間にも鯖のおぼろが挟んであった。それぞれの具の美味しさを楽しみながら、どんどん箸が進む。甘いものが好きな一樹も母も、喜ぶ味だ。

お腹が満たされると、少し微睡《まどろ》んだ。

　携帯の振動で起こされたとき、新幹線はすでに静岡駅を通過していた。

　電話は美千香からで、バッグを持って急いでデッキに向かう。


「お寿司食べた？」

「あ、はい。ありがとうございました。すっごく美味しかったです」

　ばらずしの説明書きにも羽衣伝説が紹介されていたことを話した。

「それは知らなかった。せっかく京丹後まできたんだから、それらしいお土産《みやげ》ないかなってスマホで調べたらあったから」

「家族の分まで、すみません」

「今回、お土産買う時間なかったからね。ちゃんとデッキに出た？」

「ええ、もちろん」

「よろしい。苑子さんにお礼の電話をしたら、監督のご遺体が明日戻ってくるんだって」

「お葬式ができるんですね」

「そうなんだけど、密葬になるそうよ。で、改めてお別れ会をするつもりみたい」

「じゃあ明日にお通夜《つや》で、その次の日がお葬式になりますね」

　葬儀には顔を出したいと思った。密葬なら亀井との関係が深い人間に話が聞けるチャンスだからだ。しかし、そう頻繁に出張もできない。

「カザミン、取材は無理でしょう?」

「そう、ですね」

「じゃあ私だけで行っとく。それでもいい?」

「お願いします」

「そんな暗い声ださないの。こんなときのために美千香さんがいるんだから。それと、気になることがあるのよ」

美千香は、陽一に会ったときの様子を苑子に話したという。その中で、陽一は将史が『乙女の碑』の計画をしたことによい感情を持っていなかったことに触れた。

「そしたら、苑子さんが驚いた声を出した。監督から聞いた話だと、お父さんにはいろいろ世話になったと感謝してたみたいだっていうの。それだけなら、一人暮らしになったお母さんを面倒見てくれたことに対してって思うじゃない?」

「それは汐見さんもおっしゃってましたものね」

声を低くした。車内販売のワゴンが横を通り過ぎる。

「そう。でも町のためにいろいろ頑張った方だったのに、あんなことになって、とそんな言い方をしたそうよ。役場勤めのことを指すんでしょうけど、町議会を巻き込んだ碑建設の企画のことを嫌だと思っているんだったら、わざわざ言うかしら」

「苑子さんもそこに違和感を抱いたんですね。確かに妙な感じがします。ただの社交辞令だったんでしょうか」

「家をロケハンしたいって聞いて、将史さんの自殺の真相をドキュメンタリーとして書くということを知っていたのなら、当然『乙女の碑』についても触れると分かる。それで町のために頑張った方って、社交辞令どころか嫌みじゃない？」

「でも監督はそう受け取ってなかったんですよね」

「私たちに言ったことが本当なら、汐見さん相当な演技派だよね。どっちが本音か、それを確かめようと思うの」

汐見と、できれば大束にも密葬の知らせを送っておいてほしい、と美千香は頼んでおいたのだという。

「さすが美千香さん、素早いですね。じゃあお願いします」

「ごめんね、事後報告で」

「そんなこと気にしないください」

「いまはカザミンが私のクライアントなんだから、報連相《ほうれんそう》はきちんとしなくっちゃね」

美千香が笑った。

電話を切り、席に戻って四十分ほどで東京に到着した。

一泊だったけれど、山間《やまあい》の町から京都市内、そして東京とめまぐるしい環境の変化で、自宅マンションのドアを開くと、我が家の匂いに懐かしさが込み上げた。

「ただいま」

リビングの明かりの方へ声をかけると、母が玄関まで出てきてくれた。

「お疲れさま。いま、イッちゃんお風呂《ふろ》に入ってる」

一樹のことが心配だと顔に出ているのか、何も聞いていないのに母がそう言い、この二日間の一樹の様子を話しながらリビングへと向かう。

突然固まってしまったり、奇声を上げたりといった発作は出なかったそうだ。ただ部屋に閉じこもりっきりで、食事のときだけ声をかければリビングに出てくるが、手には携帯ゲーム機を持ったままなのだという。最近は食事に集中してくれていると思っていたのは、どうやら菜緒が怒るからやめていただけだったようだ。

「あきれた。母さんごめんね。疲れたでしょう?」

「年頃になるとますます難しくなるわね。やっぱり」

「それは、いまは言わないで」

男親が必要だと必ず言い出すのは分かっている。だが一樹のために必要だからという理由で恋愛などできない。相手にも失礼だし、一樹がそれを望むとも限らない。上手く行かなかったら、問題が増えるだけだ。

「はい、はい」

と日本茶を淹れ、テーブルに置いてくれた。

スーツをリビングの壁際にあるハンガーにかけると椅子に腰掛け、湯呑みを両手で持つ。じんわりと手のひらに伝わる温《ぬく》もりと、茶の香が気持ちを和らげる。

「これ、お土産。と言っても、加地さんが買ってくれたものなんだけどね」

テーブルに『ばらずし』を三つ並べた。

「網野名物って書いてある。海が近いから海のものが入ってるの？」

母は折箱を嬉しそうに手に取った。

「海のものは鯖のおぼろと蒲鉾。あとはかんぴょうと椎茸、たけのこ、錦糸玉子」

「あなたの出張先は海辺じゃなかったの？」

「海は遠くないけど、山村って感じかな」

丹後に残る伝説は、山に池か、井戸があって天女がそこで水浴をし、山頂から再び天に舞い昇ったということになっている。モニュメントも山の上にあったと母に説明した。

「そうなの。羽衣とか天女って言ってたから、三保の松原を連想してた。でも山の上に碑のようなものがあるのに、また乙女の碑だなんて、イメージがかぶってるわね」

「乙女の碑の方は、天女じゃないの」

乙女の碑の意味を早口で話していると、一樹がお風呂から出てきた。

「そういうことで。おっす、イッちゃん、ただいま」

戦争の話は子供に伝えてもいいけれど、「お接待」のことに触れる訳にもいかない。

「そうね、じゃあ家に戻ってから、お父さんといただくわ」

「甘くて美味しいから、口に合うよきっと。イッちゃんのもあるよ、京都のお土産」

湯上がりで赤い頬《ほお》をして、黒のインナー姿の一樹が菜緒を見る。大人びた視線だ。

「いま、食べる？」

「また俺《おれ》の悪口言ってたんだろう？」

「言ってないわよ。出張で訪れた町の話をしてただけ」

「分かるんだよ、空気で。お祖母《ばあ》ちゃんも、何チクった？」

ため息と一緒に、一樹は言葉を吐き出した。別れた夫に、恐ろしいほど表情が似ていた。

「一樹っ、おばあちゃんになんてこと。謝りなさい」

菜緒が勢いよく立ち上がって、一樹に近づこうとした。

「ムキになるってことは、やっぱりね」

と言うと、すぐに自室へ駆けて行く。ドアを閉める音が廊下に響いた。

棒立ちになり子供部屋を見る菜緒に、

「あなたも落ち着きなさい」

と母が眉《まゆ》の両端を下げた。

「でも、母さんに対してあんなこと」

「その日、そのときで感情が変わるの。それは仕方ないわよ。何の反応もない、無関心よりはマシだと思わないと。優しい分、繊細なのは、あなただって分かってるはずでしょう？」

「それにしても……チクっただなんて酷《ひど》い」

「ママがいなくて寂しかったって言えないから、悪態つくんじゃないの。分かってやりなさい」

母は、エコバッグに『ばらずし』を入れると、携帯電話を出して父に迎えにくるよう頼む。

「乙女の碑のことだけど」

母が携帯を畳み、

「私のお母さんも、そうだったけど、歳取ってから疎開のときのことをよく話してた。戦争を体験した人にとって、ある年齢に達すると嫌な体験でも誰かに伝えたくなる気がするのよ」

と言った。

「じゃあ当事者が碑を望んだっていうの？」

サキの名前は伏せた。

「かもしれないってこと。お母さんが口癖のように、戦争なんてまるでなかったことのようだ、て言ってた。とくに成人式の野放図な若者のニュースを見ては平和ボケだって怒ってたわ」

「つまり風化を恐れてた」

「分かんないけど、なかったことにされてるようで嫌がってた」

「そんな人たちの気持ちを伝えるにしては、碑を建てる計画があった場所が辺鄙《へんぴ》なところだったわ。風化させないためなら、もっと目立つ場所の方がいいんじゃないかなと思うくらい」

「そう。それは分からないけど」

夜の一一時過ぎに父がきて、コーヒーを一杯飲み、いま書いてるのは傑作になるぞと言うと、母を伴い帰っていった。その間、何度か一樹に声をかけたが顔を見せずじまいだ。

菜緒はお風呂に入って、ドア越しに一樹にお休みを言い、寝室へと向かう。出張に持ち出していた分の亀井の資料を、元の段ボール箱に戻してからベッドに入った。まもなく美肌用パックをするのを忘れたことに気づいたけれど、取材で歩き過ぎたのか腰とふくらはぎの筋肉痛が激しく、そのまま目を閉じた。

明くる朝、なだめすかして一樹を起こした。諍《いさか》いがあると、その日よりも明くる朝の方がぐずることが多い。

「温めたから味が変わってるかもしれない。京都のお土産。加地さんが買ってくれたものよ」

冷蔵庫から出した『ばらずし』の蓋を開けてレンジで数十秒温め、テーブルに置いた。お寿司を温めるのには抵抗があったが、京都では冬の名物に蒸し寿司があると美千香から聞いていた。

リビングには甘酸っぱい香りが漂う。寝惚《ねぼ》けまなこのまま一樹は寿司を見つめ、素直に箸をとる。母親としては悔しいが、美千香からのものだという言葉が利いたようだ。

「甘くて、美味しい」

顔は上げずに一樹がつぶやく。

「学校、どうする？」

どっちでもいいよ、という軽い口調で尋ねる。菜緒の出張中の二日間、学校へは行っていないと母から聞いていた。

「これ食べたら、考える」

「分かった」

菜緒は味噌汁《みそしる》を一樹の前に置き、自分は母が作り置きしてくれた煮物でご飯を食べた。

「昨夜《ゆうべ》は、本当に一樹の悪口なんて言ってないからね」

「もういい。美千香さんは、元気？」

「えっ、ええ元気」

「ずっと京都なの？」

「しばらくは、ね」

「戻ってきたら、ゲームしたいって言っといて」

「分かった。言っとく」

「学校の準備してくる」

一樹は部屋に行った。

菜緒は急いで、クラスメイトの右松尊《みぎまつたける》の家に電話をかける。高学年になってからずっと一樹の友達でいてくれ、一樹が登校すると決まったときは誘ってもらうことになっていた。

「風見です」

「今日は大丈夫なんですね」

尊の母は、協力的だ。すぐに息子にマンションに立ち寄るよう伝えてくれた。

「いつもすみません」

「うちの子も、一樹くんが学校にいないとつまらないみたいだから」

「ありがとうございます」

一〇分ほどして、インターフォンが鳴り尊の「イッちゃん、行こう」という声が聞こえた。変声期で割れているけれど、菜緒には安堵《あんど》できる声だった。

一樹を送り出すと、髪を整え化粧をして菜緒も会社に向かった。

お昼過ぎにしか、玉木は出社しない。出張の報告はそのときするとして、デスクに置かれた校正ゲラの処理をしないとならない。校閲から戻ってきたものを作者用に移し替える作業だ。至誠出版の場合、社内校閲者はいない。そのため外部の専門家に依頼しなければならなかった。時代考証や事実関係に誤りがあったとき、論拠となる資料をきちんと揃《そろ》えてくれるのだが、その質と量とに差がある。多すぎても作者が戸惑うだろうし、辞書の表記だけというのも頼りない。そこで真に必要なものはどれかと選択したり、作家の癖や特徴を是正してしまう指摘は、あえて転記を控えたりするのだ。さらに、指摘する文言が、作家の性格に合うように、厳しくすることや、逆にオブラートに包むことさえあった。

機械的に書き写すより、時間と神経を費やす作業だ。その原稿三作品分と入稿作品一編が机の上に積まれていた。

それでも一作は菜緒が集中すれば、夕方までには著者に向けて発送できる。しかし、二作品は香怜に回す予定の作家のゲラだった。

これまで香怜がやっていただろう単純な転記では上手く行かない作者だ。確認しながらの作業となると、倍近い時間が必要だろう。

深呼吸して、隣の席を覗《のぞ》く。まだ出社していない香怜が、昨日やり残した仕事をそのままの形で残していた。

『江戸の纏《まとい》～炎情の権八《ごんぱち》～』という新刊文庫のカバーを作成している。カバーの表四《ひよう》、文庫本の裏に記載するあらすじと帯のキャッチコピー案をいくつか作者に提案していたようだ。

嘉永《かえい》六年（一八五三）のペリー来航以後、江戸の火消しが消火活動だけでなく警察的な任務も担うようになっていたとされている。『江戸の纏』は、その時期に火消し頭取だった橘《たちばな》権八が、人魂《ひとだま》が浮遊した夜、大店《おおだな》から出火し焼け跡から番頭の刺殺体が発見されたという奇っ怪な事件の謎《なぞ》を追う時代ミステリーだ。

香怜の書いたあらすじでは、放火殺人事件を扱うミステリーであることは分かるが、火消しが警察活動をするようになっていたことの説明がなかった。その代わりに、権八を慕う商家の娘のことが詳しく書かれていて、メインよりサイドストーリーに重点をおいている。

放火殺人の現場も商家だから、店の娘を登場させると読者を混乱させるのではないかと作者から指摘されていた。しかし香怜が素直に変更していないため、作者と行ったり来たりのやり取りになっていたようだ。

編集者として、あるときは頑《かたく》なに自己主張をする場合がある。ただし、作者を納得させせる理由と丁寧な説明が必要だ。

香怜は作者の変更を受け入れない理由に、商家の娘の一途《いちず》な思いが健気《けなげ》で可愛《かわい》いのでと書いていた。これは個人的な感想で、混乱を招くという作者の懸念への回答になっていない。

さらに帯のキャッチコピー案『恋の炎は、消せない！』には、思わず頭を抱えた。やはり事件よりも権八よりも、娘の恋に重きをおいている。確かにこの作者、川嶋渡《かわしまわたる》は、これまで江戸の人情話が得意で、作品の多くは恋愛ものだった。だが川嶋本人がマンネリ化を恐れて、今回初めてミステリーに挑戦したのだ。このキャッチでは従来のイメージを脱却できない。

コピーだけではない。まだ作者には伝えていないようだが、香怜のデザイナーへの指示書きのメモを見ると、帯の色が淡いピンクとなっている。

色見本を見せた段階でも揉《も》めそうだ。

玉木はこれを見たのだろうか。

かつて菜緒が何度書き直しても玉木に突っ返され、印字を覆い尽くすほど朱が入った原稿を思い出す。それほど昔のことではない。

玉木が確認しているとしたら、ミステリーなのにこのコピーはかえって面白いと感じているということになる。

もしそうなら、近頃の玉木はどうかしているのではないか。そもそも菜緒に亀井の本の著者になれということ自体、編集者としての感覚を疑う。

いずれにしても、香怜に担当を移譲する際は注意しなければならない。作者と編集者の信頼関係があってこそ、自信を持って作品を世に送り出すことができるのだ。

ほどなく香怜が出社してきた。

「わー風見さん、京都はどうでした。やっぱりもう蒸してます?」

香怜の服装は、白いノースリーブのワンピースで、見ている方が恥ずかしいくらい胸元が大きく開いていた。

「京都市内はね。でも京丹後市の山手だったから、工藤さんのような格好だと風邪《かぜ》ひくかも」

胸の谷間から目をそらして、嫌みな言い方をした。

「風邪より、虫が怖いです。私、蚊に好かれる質《たち》なんで。それに日焼け対策もしないと、二五歳過ぎたらシミになりますから」

香怜は、冷房対策のカーディガンを羽織りながら、甲高い声で笑った。

「そうね。あの工藤さん、ちょっと話があるんだけど」

声の調子を変え、真顔をつくる。

「あっ、アラフォーなのに風見さんはお肌きれいですよ」

「気にしてないから」

「他に気に障ること言いました？」

香怜は上目遣いになった。

確かに愛らしいが、菜緒には通用しない。座った椅子ごと、彼女に近づく。

「川嶋さんの文庫カバーと帯のことなんだけど」

「中途半端ですか、やっぱり。もっと恋愛部分を描いてほしかったですよね。人魂による放火殺人なんて川嶋さんに合わないです。風見さん、言ってあげなかったんですか」

「本人の希望でもあるし、私も挑戦させてあげたかったの。『江戸の纏』はこれまでの人情物語からうまく脱皮できていると私は思ってる」

「そうですか」

香怜の頰が少し膨らむ。

「だから、従来の恋愛路線のあらすじ紹介や帯のコピーはダメだと思う。分かるでしょう？」

と菜緒は香怜の机にある原稿に目を遣った。

「半日かかったんですよ」

「何時間かかっても、ダメなものはダメ。川嶋さんの意をくむべきだと思う」

菜緒は、ミステリー色を強く意識した文面に差し替えるよう指示した。

香怜は不満げな表情を見せたが、すぐに笑顔になって、ノートパソコンに向かう。彼女のいいところというか、作家たちからの覚えがいい原因は、この笑顔だ。作り笑顔なのだろうが、まるで屈託がないように見える。

川嶋も、メールではなく直接会って話していたら、香怜の主張を聞き入れていたかもしれない。

しかし、ただの愛想笑いでは、誰もそこまで香怜の言い分を受け入れはしないだろう。彼女には持って生まれた、何かがある。だから玉木は、編集者としてよりも交渉人として、香怜を買っているのだろう。

編集技術は学べば身につくけれど、愛嬌《あいきょう》は学習ではどうにもならないということか。

菜緒は香怜が熱心にキーをたたく音を聞きながら、昨年デビューした作家の校正ゲラを読むことにした。

時代小説にも、取り扱うテーマに流行がある。これまでは江戸の暮らしと人情、そこにチャンバラが加わるものが中心だった。いまは藩の財政がどうのと経済論理が入り込んできた。幕藩体制の中で生きている以上、江戸庶民も経済観念が必要になるのは分かるが、現実を忘れたくて時代小説を読む菜緒には不満だった。

やはり武士にはそろばんよりも刀を持ってほしい。

いま菜緒が目を通している女性の新人作家の原稿は、妖刀《ようとう》を巡る純粋なチャンバラだった。彼女は刀剣女子で、自らも居合道を習っている猛者《もさ》だ。彼女から新作の構想を聞いてから、菜緒は期待を寄せていた。

約三時間かけて読み、気になる点を書き出した。それを箇条書きにして、本人にメールする。

午後一時になって、玉木が出社してきた。スタッフに会釈をしながら編集部を通り抜け、部長室に入る。

目が合った菜緒は、出張の報告をするために玉木の後を追った。ドアを軽くノックして、

「いま、いいですか」

と言いながら彼のデスクへ近寄る。

「おお、出張、ご苦労さま」

椅子に腰を下ろしたばかりの玉木が、一旦《いったん》手にした電子煙草《たばこ》をデスクに置いた。

「報告の前に、これに目を通してください」

菜緒は玉木に興信所の調査報告書のコピーを手渡す。

「これは？」

「亀井監督が殺害された事件の重要参考人である三松さんは、現在警察の事情聴取を受けています。逮捕されるかもしれません。その三松さんが事件当日の深夜に亀井監督から、取りに来るように言われた書類です」

事件当夜亀井の事務所を訪問したことが、防犯カメラに映っていた。にもかかわらず遺体を発見できなかったのは、監督に声もかけず玄関口にあった封筒を持ち帰ったからだと主張した。そのことが、いっそう警察に怪しまれる原因ではないか、と菜緒は補足した。

「そんなものを、どうして風見さんが？」

「いずれ警察から調べられることを予想して、三松さんがコピーをとるよう奥さんに頼んでいたんです。そしてそれを監督の奥さんへ託すように私が頼みました」

「うん。しかし、どうして調査報告書なんかを夜中に渡したのかな」

玉木が首をかしげながら書類を黙読する。速読ができる彼は、一分も経《た》たないうちに菜緒の顔を見て、

「凄《すご》い資料じゃないですか」

と目を細めた。陽子という娘が軟禁状態であったこと、その女性の居所を隠す両親や周辺の人間たちの存在、そして将史が陽子を追い求めていたという事実が判明した、と玉木が語調を強める。

菜緒はうなずき、亀井の実家とその周辺、汐見の家と陽子が軟禁されていた離れ、そして『乙女の碑』の建設予定地を見て回ったことを報告した。

「そんな場所に記念碑は、確かに変ですね」

「歴史の負の遺産にも、地元振興のＰＲにもなってませんからね。加地さんも首を捻《ひね》って

ました」

「議会が納得する要素はないし、関係者には迷惑な企画だったということか」

「将史さんの真意は見えてこないです。ある意味、命を賭《と》してやり遂げようとしたにもかかわらず。あと、陽子さんの弟さん、陽一さんにもお目にかかって、いろいろ話を伺うことができました」

興信所の林から調査を受けたこと、将史が陽子と会っていたことを認めたのを踏まえ、『乙女の碑』計画についての気持ちを聞いた、と玉木に伝えた。

「彼はどうだって？」

「やっぱり石碑の建設には反対でした」

「でしょうね。下手すると自分たちも差別を受ける可能性がある。だからこそ、娘を隔離していたんじゃないの？」

「部長も、陽子さんが……」

サキとロシア兵との間に生まれた子供、という言葉を使うのは慎んだ。

「おおかたの者は、察しがつくんじゃないかな」

「だから、まるで座敷牢《ざしきろう》のような離れに閉じ込めた。そう私も加地さんも思っていました」

「ちがったんですか」

玉木が尋ねてきた。菜緒の言い方が気になったようだ。

「陽一さんは完全に否定しました」

「それは身内だからでしょう」

「ですが、そうだったんだと証明することもできません。なにせ戦後間もない時期のことです。ただ、精神を病み、精神科病院に長きにわたって入院していたことは事実のようです。つまり、それが離れに住まわせた原因だと言われれば、それまでだということになります」

「それを読んだ亀井監督がどう思ったか、どうドキュメンタリーとして描きたかったか。それが問題になる」

「そういうことです。いま思うと陽一さんに気になる点が……」

「ほう」

「私たちには結構話してくれたんですが、監督にはどうだったのかという点です」

陽一は、ロケハンを申し出た亀井に、それを承諾しただけだったと言っていた。

「何かを隠していると？」

「言い切れないんですが、何となくそう感じたんです。ドキュメンタリーについて何も知らない口ぶりだったのが、どうも」

父親の自殺の真相をドキュメントにするのに、将史と交流のあった陽一へのインタビューをしないのは考えられない。亀井の手許《てもと》にはすでに興信所の調査報告書はあったはずだ。

「見ず知らずの私たちにだって、いろいろ話してくれたんですよ」

「他人には話せて、旧知の間柄だからこそ言えないこともあるんじゃないかな」

「だとすると、そこにわだかまりのようなものがあるってことですね。口では将史さんに感謝していると言ってましたけど」

「将史さんか、それともいろいろ調べている監督との間に何かあった？　要するに『乙女の碑』のことをほじくり返されたくないってことですよ、風見さん」

玉木は電子煙草をくわえ、

「当然、その遺志を継ぐ本が出版されることも面白くないでしょう」

とゆっくりした口調で言った。

「そんな感じはしなかったんですが……」

「まあ出版したとたん、訴えられたら困りますからね。きちんと念書を交わしておいた方が無難です」

「分かりました。明日、監督の密葬が行われる予定です。関係者が参列されるんで加地さんに取材してもらおうと思っているんですが、念書の件、伝えておいた方がいいですね」

「簡単なものでいいから、作成してメールを送ってください。亀井さんの事件は、テレビや週刊誌、夕刊紙を飾っていますから全国区の話題となっています。場所が京都で映画監督の死はおいしいネタです。いろいろな企画ものが出てくるでしょう。しかし風見さんが先んじている。それだけに慎重にお願いします」

菜緒は香怜について一言いいたかったが、そのまま部長室を出た。デスクに戻ると、家から持ってきていたおにぎりを食べる。母が作り置きしていたきんぴら入りだ。

隣の香怜の姿はない。壁にあるスタッフの外出予定を書き込むホワイトボードに目を遣る。

〈川嶋さん、打ち合わせ〉

結局、悩殺作戦に出たようだ。

息を吐きかぶりを振ると、菜緒はおにぎりを片手に、玉木から言われた簡易の念書を打ち込み、美千香にメールした。

送信と同時に担当作家からの原稿がメールで届いた。たまにこういうことがある。

菜緒はその手で出力し、終わる間に二つ目のおにぎりを食べ、缶コーヒーでお腹を落ち着かせる。

原稿は、大手建築会社を定年退職後に他社が実施している新人賞の佳作となりデビューした、四年目の作家の作品だ。

内容は江戸の治水にまつわるもので、一介の人足だった半吉《はんきち》がアイデアで大仕事を成し遂げる出世譚《たん》だ。虐《しいた》げられていた若者が、役人と癒着《ゆちゃく》する大きな大工の棟梁《とうりょう》と張り合いながら、河川普請《ふしん》をやり遂げるのは痛快なのだけれど、測量や土木技術の専門的な用語が頻繁に出てきていた。ひとつひとつ辞書やインターネットで調べなければならず、枚数以上に時間がかかった。

マニアックな作品になればなるほど、専門用語が増える。それは仕方ないことだと思うけれど、展開の邪魔になっては何もならない。わざとらしくなく読者に分かってもらう工夫が必要なのだ。

前後の描写や最小限の説明と比喩《ひゆ》で、中学生にも伝わるようにしてほしい、と要望をメモした。

時計を見ると午後六時、一樹と夕食を摂《と》る時間だ。一樹が学校に行けた日は、授業が終わる三時半から六時まで、学童保育的な役割をしてくれる学習塾で面倒を見てもらっていた。右松尊の母親は、家で預かってもいいと言ってくれていたけれど、そこまで甘えられなかった。他の学習塾よりもお金はかかるが、気兼ねしないで中学生の部が終わる九時までの延長ができることもありがたかった。

お疲れ様、いろいろ言ったけど、頑張ってね、と香怜のパソコンにメモを貼《は》り、菜緒はやり残したゲラを持って退社した。

13

「菜緒、大変なことになった」

翌日の晩、美千香からの電話の声が震えていた。無意識に時間を確認する。午後九時を少し回っていた。

「どうしたんです？」

緊張しながら聞く。今日の密葬で何かトラブルがあったのだろうか。それにしても動揺が隠しきれない声は、美千香らしくない。

「いま、苑子さんのところにいるんだけど、さっき警察から連絡が入った。心して聞いてね、汐見さん、陽一さんが亡くなった」

「えっ」

朝からの雨で室内は乾燥していないはずなのに喉がひりつき、乾いた咳《せき》が込み上げた。

「私も、びっくりした。カザミン大丈夫？」

「はい。大丈夫ですが、一昨日《おととい》会って話したばかりの人が突然亡くなるなんて。お元気そうだったのに」

　高齢ながらシャープなイメージの陽一をすぐに思い出すことができる。

「密葬への列席を頼んであったんだけど、お見えにならなかったのよ。それで苑子さんのお身内と監督の幼なじみ、それに三松さんの奥さんで密葬を終えた。その後形だけの初七日の法要をして、監督の家で食事をした。で、それも済んで三松さんと私だけ残らしてもらっていたら、警察から苑子さんに、実家近くの沢で遺体が発見されたって電話があったの」

「M町でですか」

「そうなのよ。お酒を飲んで川に入り溺死《できし》した可能性があるって」

「六月とはいえ、あの辺りの水は冷たいんじゃないですか」

　川で泳ぐ気温でも水温でもない。高齢者ならなおさらだ。

「それに、どうして警察から苑子さんに連絡があったんです?」

「それは……汐見さんの会社YOデザイン事務所のいまの社長に、遺書めいたメールが届いたからだそうよ。そこに今日監督の密葬に出席できない理由が書いてあったんだって」

　文面について苑子が聞いたけれど、警察は言わなかったということだ。

「メールの信憑性《しんぴょうせい》を調べたんでしょうか」

「どうだろう?　それでか分からないけれど、汐見さんの所持品の中に、私とカザミンの名刺が入ってたので、話が聞きたいんだそうなの。たぶんカザミンのところにも警察から何か言ってくると思うけど、あらかじめ耳に入れておきたかった」

「私にも？　まさか」

「容疑者ってことじゃないわよ。そこまで警察も間抜けじゃない。でも早いうちに一緒に警察に顔出した方がいいと思う。カザミン、いつなら京都にこられる？」

菜緒は週末になら、何とかなると言った。

土曜日、母に一樹のことを頼み、美千香と右京警察署に赴いた。仲上刑事との約束の午後二時にギリギリ間に合った。

二人は、事務の女性に会議室へ案内されて長机の端に着く。間もなく、忘れもしない四角形の顔が、若い刑事を伴って現れた。

「ご連絡並びに、ご足労いただき、感謝します」

申し訳程度に頭を下げると、書類を机の上に置き、椅子に座る。若い方も腰を下ろすとノートを開いた。彼は書記役のようだ。

「風見さんも大変ですね。遺体発見、そして関係者の不審死と不幸続きだ。早速ですが、あなた方は、何をしに汐見さんに会われたんですか、その辺りから話してもらいましょうか」

「その前に、汐見さんが亡くなった状況を教えてもらえませんか」

菜緒に向いている仲上に美千香が聞いた。

「取材、ですか。敵《かな》いませんね」

仲上は肩をすくめるようなしぐさをして美千香を見る。

「刑事さんが亀井さんの奥さんに連絡されたとき、私もその場にいたんです。奥さんから、汐見さんが遺書めいたメールを会社に送っていたらしいと聞きました。だから警察は、すぐにご遺体を発見できたんだと思うんです。でないと、あんな場所を探したりしない。それに夜になるとあの辺りは真っ暗です」

「あそこに行かれたことがあるんですね。お二人とも？」

菜緒は美千香がうなずくのを見て、自分も大きく首を縦に振った。

「いったいお二人は何をされているんですか。それは、汐見さんを訪ねたことと関係あるんですね」

という仲上の質問に菜緒が答える。

「実は私たち、亡くなった亀井さんの遺志を継いで、書きかけの本を出版することになりました」

以前はドキュメンタリーとしか言っていなかったが、将史の自殺の真相、それと大きく関《かか》わっている『乙女の碑』の企画について調べていることを仲上に説明した。

「自殺、乙女の碑……？　それはどういうことですか」

「詳しくは言えません」

と断ってから、戦後の悲劇と、乙女の碑の企画をしていた将史が謎の言葉を残して自死したことを話した。

「ほう……その謎の言葉というのは？」

仲上の目付きが変わったようだ。

「こんな言葉です。『遅くなったが天女の娘の元へ行く。こうするしかないんだ、許してくれ』」

「天女の娘、それは汐見陽子さんのことですか」

「ご存知なんですか」

と、菜緒はとぼけて見せた。三松豪が受け取った興信所の報告書を読めば、将史がサキの娘、陽子の行方を追っているのは分かる。仲上が陽子を知っているのは、事務所から持ち帰った報告書を確認している証《あかし》だ。まさか任意同行の前に三松からコピーをもらっているとは言えない。そんなことをすれば三松の立場をさらに悪くしてしまうだろう。

「ええ。亀井さん殺害に関する捜査をしているんでね。それで、亀井さんの原稿はまだ見つからない？」

「見つかってません。それで仕方なく亀井監督本人が調べたであろう足跡を辿《たど》って、汐見陽一さんに行き着いたんです」

「なるほど。では、はじめの質問に戻ります。あなた方は、汐見さんに何を訊いたんですか」

「汐見さんは、亀井監督のお父さんをよくご存知です。ですので、どんな方だったのか伺いたかったんです。『乙女の碑』のことについてのお考えもお聞きしておきたかったし」

「それだけですか」

仲上が横の刑事に目配せしファイルを受け取ると、それに目を落とす。

「私たちがお目にかかったことと、汐見さんが亡くなったことに何か関係があるんですか」

「監督の死について、追及するようなことを言いました？」

仲上はファイルから目を上げると、菜緒の質問には答えず、訊いてきた。

「追及なんてしてません」

菜緒がそう答えたすぐ後、

「刑事さんがそこまでおっしゃるのは、汐見さんの残した文章の中に、亀井監督の事件についての記述があったんですね」

と美千香が尋ねた。

「調べの途中なんで、申し上げられませんね」

「ならこちらも取材で入手した情報を教える訳にはいきません。刑事さんは、風見を本気で疑ってませんよね。むろん私のことも。それなら、互いに協力した方がいいんじゃないですか」

美千香は引き下がらない。

若い刑事が何かを言おうとしたのを、仲上がとめた。

「ええっと、加地さんでしたね。あなたの言うことも一理ある。では、こうしましょう。こちらも一部手の内を明かしましょう。そちらも事件の検証作業に協力してもらう。いかがですか」

「検証ということは、事件の核心に迫っているということですか」

美千香の落ち着いたよく通る声が響く。

「核心ね……まあ、そうかもしれない」

「それが汐見さん、いえ彼の死と関わっている、そうですね」

「そう矢継ぎ早に言われても困りますね。実は汐見さんが、自分が亀井さんを殺害したと匂わす文章を残してましてね。その真偽を見極める作業に入っているんです」

「陽一さんが」

と声を出した菜緒の頭には、陽一の束ねた白髪と、亀井の血に染まった顔が同時に浮かんだ。遺体発見現場の粗暴さと、陽一の会社で見せた静かな佇《たたず》まいの印象には隔たりを感じた。

「彼が残した文章に、あなた方のことが書かれていたんです」

文章が手書きであれば筆跡鑑定ではっきりするのだが、スマートフォンで作成したメールだったので、当人しか知らない事実が含まれているかどうかを調べているのだ、と仲上は言った。

「私と加地さんが、どうしたと書いてあったんですか」

「姉の存在、将史さんの自殺の原因まで探っている。このままでは亀井監督と同じように汐見の家の秘密を公にするにちがいないと」

「そんなことが目的で調べているんじゃありません」

大きな声が出た。

「こうも書いている。それを阻止するために将史さんの息子に手をかけたのに……と。さらに気になったのは、調査報告書まで入手していたなんて、とあったことです」

仲上がきつい目で菜緒を見て、続ける。

「もしそれが事実なら、重要な手がかりになる。汐見さんしか知りえない事実を含んでいることになりますんでね。まずは報告書の件からはっきりさせてもらいましょうか」

「それは……」

菜緒が口ごもっていると横から美千香が、

「三松さんからお借りして、コピーを取らせていただきました。もちろん三松さんに嫌疑がかけられる前です」

と助け船を出してくれた。もはや隠し立ては得策ではないと、美千香は判断したようだ。

「現場から持ち帰ったものをあなた方に？」

「三松さんも、中身を見て困惑されたんじゃないですか。急に呼び出されて、持って帰れと言われたものが、興信所の報告書で、その宛名《あてな》が亀井将史さんだったんですから。亀井監督のお父さんの名前があったから、てっきり出版社に渡す資料だと思われたんでしょう」

「それはいつのことですか」

「事件の翌日か、次の日だったか忘れました。とにかく三松さんがここに任意同行される前だったことは確かです。そもそも三松さんが疑われることなど思いもつかなかったし、調査報告書が問題になることも分からないときだから。ねえ、カザミン」

美千香は、普段通りの呼び名で声をかけ、菜緒の顔を見た。

菜緒はうなずいただけだ。

「なるほどね。お二人は、その調査報告書の中身を知り、汐見さんに何を確かめたんですか」

「興信所の調査内容が、事実と合っているか伺いました」

菜緒は、陽一は陽子がいなくなった当時を知る、唯一の家族だ、と強調した。

「亀井監督のことについては、いかがです？　何か聞いたんでしょう」

「監督のお父さんのことは聞きましたけど。監督とは電話で話しただけだということだったので、そんなには」

「電話で？」

「ロケハンで、汐見さんの実家の敷地内に入ることの承諾を得ようと、連絡してきたんだそうです」

「監督のねらいは、お父さんの自殺の原因を調べることでしたよね。そこには陽子さんが関係している。そして陽子さんのことを突き詰めると、汐見サキの秘密に触れざるを得なくなる、そうでしょう？　どうやら、そのことが汐見さんを追い詰めたようだ」

陽一は、亀井監督が世間に向かって汐見家の恥を公表することに反対だった。将史が『乙女の碑』の計画を立てたことへ向けたのと同じ類《たぐ》いの憤りを、陽一は亀井に覚えたようだと仲上が言った。

「追い詰めた？　そんなこと……ないはずです」

「少なくとも彼はそう受け取ったんですよ。あなた方が知った亀井監督の父親のことを、もっと教えてもらえないですか」

菜緒はメモを取り出し、それを見ながら、国枝と亀井の会話や、大束からの手紙やハガキの内容を詳しく話すことにした。

「ほう、そんなやり取りがあったんですか」

「将史さんは、悲惨な出来事を風化させたくなかったんです」

「亀井監督の足跡を辿って、母親のこと、姉の病気、将史さんのやろうとしていた計画を知った人間が目の前に現れた。過去を公にしたくなくて監督を排除したのに、それは恐ろしいでしょうね」

仲上の言葉が、突き放すような言い方に聞こえた。

「でも責めるようなことは言ってません」

菜緒が訴えるように言った。

「まあいいでしょう。もう一点、はっきりさせたいことがあります。我々が事情を伺ったときに風見さんに話したこと、あるいはあなたが現場で見たことなどを汐見さんに伝えましたか」

「いいえ、事件のことにはほとんど触れてません」

「それは、間違いないですね」

仲上は念を押した。

「はい」

「加地さん、いかがです」

「ええ、間違いないです」

「うん。では、あなた方が所持する亀井さんの本の資料を、全部提出してもらいましょうか」

「いまは……困ります。こちらも出版の都合があります。上司と相談させてください」

と菜緒は泣き付き、

「汐見さんは、亀井監督が本を出すことを知らなかったという口ぶりだったんですよ。出版と事件は無関係じゃないでしょうか」

と漏らした。

「本のことは知らないし、その件で会ったこともなく、ただ電話で話しただけというのは嘘《うそ》です」

「えっ」

「会ってやめてほしいと、監督に直談判《じかだんぱん》していたようだ。あの夜も事務所に行ってます」

と仲上は言い添えた。

「ほ、本当ですか」

そんなこと、陽一は一言も言っていなかった。

「汐見さんの書き残したものに秘密の暴露がありますんでね。それらの確認が済み次第、今回の亀井監督殺害事件は一応の解決をみます。被疑者死亡のまま起訴という、とても後味の悪い形ですがね。まあ、それが事実なら仕方ありません」

「でも、本の出版を阻止するために、あんな惨《むご》いことをしますか。汐見さん、とてもそんなことをする方には見えませんでした」

「その辺りのことは我々も慎重に裏付け捜査をやります。犯行に至るまでの経緯と動機につながる背景を、ね。だから、あなた方がお持ちの資料の提供をお願いしているんです。先ほどの将史さんの残したメモの言葉は大変参考になりましたよ。そうですね、二、三日を目処《めど》に提供してくれませんか」

「そんなに早く……亀井監督の奥さんの了解も得ないといけないですし」

「むろん奥さんにはこちらから要請します。では、よろしく」

と二人の刑事が、同時に小さく頭を下げた。

「それで三松さんは？」

「当然容疑が晴れれば帰っていただきます」

14

「いい傾向だね」

京都でのことを報告すると、玉木は意外な反応を見せた。

「資料を警察に提供しないといけないんですよ」

「無実の俳優を救うためじゃないですか」

「それは、そうですが……」

「それに、風見さんたちが受けた事情聴取、その臨場感、迫真性、読者はそういうのを好む、分かるでしょう？　その様子を描写してほしい」

「資料が証拠品扱いになるんです。裏付け捜査が終わらないと、証拠品を載せた本の出版はできなくなるかもしれません。部長は心配じゃないんですか」

口元がほころんでいる玉木に言った。

「本は予定通り出します。被疑者死亡で云々《うんぬん》と刑事が口にした。それを事件の終結だとあなた方は解釈したことにする」

「いえ、まだ裏付け捜査が残ってます」

だから資料の提供要請を受けているのだ。

「見解の相違なんじゃないのかな。汐見さんは遺書めいたものを残して亡くなった。そこに書かれていたのは監督殺害の告白だったってことを刑事が風見さんたちに、わざわざ伝えた。その事実だけを素直にとれば、汐見さんの犯行で事件は終わり、でしょう？」

今度は玉木の目元が笑った。

「私が勝手に捜査が終わったと解釈したせいにして……」

菜緒は反論する気を失《うしな》った。

「出版の是非については私に任せておいて、風見さんは当初の予定通り原稿を仕上げることに徹すればいいんです」

菜緒は無言で一礼し、重い足取りでデスクに戻る。資料の入った段ボールを抱えるとコピー機の前に佇んだ。

勇一郎からの古い手紙をコピー機の「原稿ガラス」の上に破らないよう注意して載せ、カバーを閉めた。操作パネルで濃度を上げて、複写ボタンを押す。素早く動く緑の光を目で追うと、モヤモヤとした気持ちも動き出した。

昨今の玉木の出版に対する考え方には、偏《かたよ》りがあると感じていた。時代小説に新風を吹き込むために新人賞を創設したのはいいが、その一方ですでにミステリーや恋愛小説で名を馳《は》せた若い作家に時代小説を書かせようと働きかけている。作家のジャンル替えは一時的とは言え話題になるからだ。作品の良《よ》し悪《あ》しよりも話題優先なのかと思うと、創設した新人賞に対する受け止め方も少し変わってくる。

話題づくりを否定するつもりは、菜緒にもない。ただ話題づくりに頼り過ぎると、本質を見失う気がしてならない。以前美千香が、ドラマやコマーシャルに引っ張りだこのイケメン俳優のゴーストライターをしたことがあった。彼の出演する作品をいくつか見たが、どの作品も俳優そのもので、役が立ち上がってこなかったのだそうだ。それでも人気があり業界が祭り上げているせいもあってか、次から次と仕事が舞い込む。そんな彼にインタビューしたとき、誰かに付いて演技を勉強する時間がほしい、とぽつりと漏らしたのだそうだ。

話題づくりが先行して、中身が伴わない不幸を目の当たりにした、と美千香はため息をついていた。

それは小説家にもいえる。作品に作者の顔がちらついたら、作家の負けだ、と言ったベテラン小説家もいるほどだ。話題づくりのために、作品ではなく作家そのものを使うのは劇薬で、効き目は強いが副作用もある。

「手伝いましょうか」

背後から香怜の声がした。

「いいわよ。みんな古くて脆《もろ》くて丁寧に扱わないといけないから」

と、わざと濡れティッシュをガラス面に伸ばすように手紙をセットする。

「ああ、私のこと、がさつな女だって思ってるでしょう」

香怜がガラス面に置かれた便箋《びんせん》を覗き込む。

「じゃあこれ全部、コピーしてくれる？」

「それは、ちょっと。私やらないといけないこと、いっぱいあるんで」

慌てて香怜が自分の席に戻っていく。

菜緒は深呼吸して、作業を続ける。期待はしていないし、大切な資料を香怜に任せて、なくされても困る。


腕時計を見る。午後から篤哉との打ち合わせの約束があり、それまでに、もれなくコピーして仲上に送るための梱包《こんぽう》をすませておきたい。


「やっぱり放映日の方は、まだ……」

篤哉の自宅にほど近い喫茶店のテーブルに着きアイスコーヒーを注文すると、遠慮がちに彼が聞いてきた。

「監督さんが亡くなって、まだ関係者の疑いが晴れてませんから、もう少しかかるかもしれません」

「いや、親戚《しんせき》とか友人に言ってしまってるもんで、まだかまだかとせっつかれちゃって、返答に困ってるんですよ。キャスティングなんかの情報も解禁されてないし」

篤哉は苦笑交じりの顔で、出てきたばかりのアイスコーヒーのグラスに口をつけた。この喫茶店では環境に配慮してストローを使用しない。

「制作会社とは連絡をとってますので、情報解禁と放映日が決まり次第真っ先にお知らせします。いましばらく、お待ちください」

「まあ風見さんも困ってるんだし、待つより仕方ないってことですね」

「ドラマ化されたことを帯で告知してますから、それなりの効果は出てます。それはそれとして今日は新作のお話をしようと思うんですけど、いかがです？」

篤哉が放送日を気にして立ち止まっている印象を持った菜緒は、かねてから考えていたことを提案する。「柳生月影抄外伝」の続編ではなく、新しいシリーズを持ちかけたのだ。むろん篤哉の得意な剣豪ものだ。

「柳生は飽きられましたか」

「いえ、そうではありません。柳生十兵衛は誰もが知る剣豪です。その彼に他流の猛者が挑むという図式は面白いアイデアです。だからこそ読者に受けているんです。これは中西作品の柱としてこれからも書いていただきたいし、長く愛読されると思っています。もう一本、新しい柱をつくってはどうかと」

「柱になるような主人公ですか」

と唸《うな》るように言うと、篤哉はグラスの水を飲んだ。そして指を鳴らす。篤哉が思案するときよくやるしぐさだ。

「中西さんの作品の特徴は、この頃の時代小説にはない緊張感だと思っています。ホームドラマにせず、挫折《ざせつ》を繰り返しながら純粋に剣術を磨こうとする武士の姿を描く。その情熱と健気さが胸を打つんです」

「僕は挫折を失敗だと思ってないから」

「必要なステップなんですよね」

「そう、ですよ。『柳生月影抄外伝』なんか、最後はみんな十兵衛に負けるのにね。なのに、主人公を苦しめる」

書いていて辛《つら》くなることさえある、と篤哉はつぶやいた。

「十兵衛には負けちゃいますけど、みんなその流派のトップなんですよね」

「スーパーヒーローの十兵衛の凄《すご》さを、ただ際立たせようとしただけなんだけど」

「いいと思います。中西さんの書く柳生流は真に迫ってますから」

「それなら柳生の原点に返ってみようかな」

篤哉が腕を組んだ。

「柳生の原点ですか」

菜緒が、アイスコーヒーをぐいっと喉《のど》に流し込んだ。

「柳生宗厳《むねよし》、後の石舟斎《せきしゅうさい》の新陰流は、新陰流の創始者である上泉信綱《かみいずみのぶつな》にまったく歯が立たなかったみたいなんです。そのときの屈辱が『無刀取り』を編み出すきっかけになり、後の柳生の隆盛につながる。それを書いてみるというのはどうかな？」

篤哉の目が輝いているように思えた。

「いいですね。柳生の原点、そして行く末を暗示するような力作を読ませてください」

徳川幕府の中枢に入り、まつりごとに口出しするまでになる柳生一門の源流、時代小説ファンなら興味があるはずだ。ドラマの放送日が決まらなくても、新作を書き出してくれさえすれば、篤哉の不満が解消されるだろう。菜緒としても嬉しいことだ。

「分かりました。早速プロットにかかります」

「お願いします」

篤哉はうなずくと、鞄《かばん》から愛用のタブレットを取り出した。

「思いついたことをもう少し、ここで書いていきますんで」

「そうですか、とても楽しみです。ではレジは済ませておきますので、これで失礼します」

菜緒は会計を済ませると喫茶店を出た。体を熱気が包む。店内は相当冷房が利いていたようだ。

原点、か――。

菜緒はケータイを取り出し美千香の番号をプッシュする。

「以心伝心、うちもカザミンに電話しようと思ってたんえ」

と美千香はすぐに出た。

「変なイントネーション」

「ごめん。ぜんぜん上手くならないわ、京都の言葉」

「私に用って、何ですか」

恵比寿《えびす》駅に向かって歩き出した。

「大束さんとやっと連絡がついた」

勇一郎には、京都市北区紫野《むらさきの》にある「京束商事《きょうつか》」宛に監督の密葬のお知らせは送ってあったが、参列はしていなかったそうだ。

「で、どうでした？」

「まず、彼は京束商事の会長だった」

「会長さん」

苑子が見つけた名刺は古いようで、代表取締役専務という肩書きだった。

「一線を退いているんだけど忙しい方で、国内だけではなく、海外を飛び回っておられるみたい。海外に行っていて、つい最近戻ったんだそうよ。密葬のお知らせを見て、慌てて苑子さんに連絡してきた。それを受けて、さっきご本人と話ができたって訳よ」

「汐見さんのことは？」

「新聞で読んだって言ってた。カザミン、話聞きたいでしょう。事情は話してある。実は大束さん、今日明日と東京にいるの。あすの午前中なら時間が取れるってことだった。連絡とるといいわ」

連絡先はメールで送っておいたと、美千香は言った。

「分かりました。それで、どんな感じの方でした？」

「声からすると、そうね……やめとく。カザミンは妄想癖があるから、妙な先入観が入っらない方がいい」

「なんだか、余計に想像しちゃいますよ」

「ごめん、ごめん。優しそうな人だよ。例の興信所の調査書についても、ちらっとだけ聞いた。詳しいことはカザミンに話すって。そうそう、言わないといけないことがいっぱいあって、忘れるところだった。三松さん、やっと家に帰された。ただし京都市内から出るときは警察に言わないといけないらしい」

「殺人の疑いは晴れたんでしょうね、汐見さんが亡くなったことで」

「もともと任意だからね。いままで帰してもらえなかったのが、おかしいくらいじゃないのかな。私の報告はこれだけ。で、そっちの用は？」

「まさに大束さんなんです。実は原点に返ろうと思って」

「原点って？」

「お父さんの自殺の真相を調べたいと思ったのが、監督が本を書くきっかけでした。たぶん、自殺自体に納得できていなかったんだと思うんです」

「石部《いしべ》金吉《きんきち》だと思ってたんだから、そのお父さんが天女なんて言葉を残して死んでしまうのには、引っかかるわよね」

「そこなんです。もっと将史さんのことを知るべきだって」

勇一郎なら子供時代から付き合いがあり、青春期にいろいろなことがらを語り合ったであろうから、将史の実像を知っている可能性は高い。

「なるほど。出版の件、玉木さんはなんて？」

菜緒は「見解の相違」で出版を強行する玉木の企てを話した。

「カザミンに責任を押しつけるつもりね。やっぱりその辺りが玉木さんなのよね、いいじゃない」

美千香が電話口で笑っているのが声の調子で分かる。

「私は困ります」

「ごめん。でも、玉木さんにうまく乗せられてるふりすればいいと思ったんだ。いくら警察だって、言論の自由を露骨に脅かすことはできないわ。なにかあったら私も一緒に責任取ってあげる。大丈夫よ、カザミン」

「ですかね。分かりました、気にしないことにします」

美千香に大丈夫だと言われると、力が湧《わ》いてくるから不思議だ。

恵比寿駅の構内に入る手前で電話を切り、美千香のメールを確かめる。その手で勇一郎に取材申し込みの連絡を入れた。

15

次の日の一〇時、勇一郎が指定したのは帝国ホテルのロビーラウンジだった。勇一郎の指示通り菜緒の名前をコンシェルジュに告げると、予約した席に案内された。壁に近い席で、話しやすい場所だ。

菜緒は、席に着く前に取材に応じてもらった礼を述べ、自己紹介しながら名刺を差し出す。

座ったままなので背丈は分からないけれど、すらっとした体型で白髪だ。司馬《しば》遼太郎《りようたろう》をさらにシャープにした輪郭、眼鏡の奥の目が優しく菜緒に向けられていた。

「加地さんから伺ったけれど、あなたも大変だ。和将くんの代わりに、将史の死の真相を追うなんて」

勇一郎は、飲み物を頼みなさい、とメニューを菜緒に向けた。彼の前にはすでにコーヒーカップがあり、その横に菜緒の名刺を置いた。その手慣れたしぐさは自然で、大きな会社の会長だという威圧感もない。

「亀井監督とは面識がおありなんですか」

和将くんと言ったとき、目を細めた気がした。

「もちろん子供の時分から知ってる。最近だと将史の自殺について調べていて、私の手紙を読んだと、連絡してきた。それで、昨年の秋に京都の宝《たから》ヶ池《いけ》で会ったよ。ただそのときは、ドキュメンタリー映画を撮るための資金が必要だと言ってた」

「それはスポンサーになってほしいということですね」

勇一郎は、将史への手紙に『和将くんが映画を撮るようになったら、社を挙げて応援する。映画にはずいぶんとお金が要るそうじゃないか。条件が合えば、スポンサーになってもいいんだぞ』と書いていた。

「ああ」

内容によっては援助すると、勇一郎は返答したという。

「そうですか」

注文を聞きにきた係の女性にアイスミルクティーを頼み、菜緒は続ける。

「それで映画の内容はお聞きになったんですか」

「将史の死の真相と、戦争の爪痕。いまあなたが書こうとしているものと同じではないのかな」

亀井から映画制作の資金については何も聞いていないが、やはり映画化も念頭に置いていたようだ。京東商事がスポンサーに名を連ねれば、映像化も夢ではないだろう。

「で、スポンサーに？」

「そうだな、まず内容が暗いと思ったね。それに親友のいわば恥部をさらすことに賛成できなかった。だいたいそんなことを息子がやるかね」

「お断りになったんですね」

「うちの社には文化事業を推進する部署がある。そこの責任者と相談すると言った」

「結果的にはお断りになったということですね」

菜緒の言葉に返事はなかった。

「あのう、実は、亀井将史さんへ送られた大東さんの手紙やハガキを拝見しました。監督の奥さんの了解を得ているとはいえ、私信です。事後報告となってしまって申し訳ありません」

と菜緒が頭を下げようとしたのを、勇一郎は手で制した。

「謝らんでください。それがあなたの仕事だ。それより私に聞きたいことがあるんでしょう？」

勇一郎はコーヒーカップを持って微笑む。

「恐れ入ります。では単刀直入に伺います。将史さんの自殺をお知りになったときのことを教えてください」

「二十二年も前のことだけれどよく覚えているよ。ちょうど今みたいに東京にきていた。朝、京都の自宅にいる家内から電話をもらって知ったんだ」

大東夫人はテレビのニュースで将史の死を知り、連絡してきたのだという。一報ではあったが、自殺を思わせる内容だったようだ。

「何が何だか分からなかったね。だから、とにかく事実を確かめようと府警の知り合いに電話をかけた。捜査に関することは言わんかったけれど、川の端の木で首を吊《つ》ったんだということと、遺書めいたものを持っていたということだけは分かった」

電話を置くと、灼《や》けた鉄の串《くし》を喉に突っ込まれたような痛みを感じ、起きたばかりのベッドに俯《うつぶ》せに倒れ込んだ。そんな痛みは、いまだかつて経験したことがなかった、と勇一郎は顔を歪《ゆが》めた。

「遺書だとされた言葉については？」

菜緒は声をひそめて、『遅くなったが天女の娘の元へ行く。こうするしかないんだ、許してくれ』と文面を口に出した。

「それは将史の奥さん、清子さんから聞いたよ」

「この言葉ですが、どう思われましたか。すみません、録音させてください」

菜緒はゆっくりICレコーダーをテーブルの上に置く。

「清子さんが気の毒でならなかった。いや彼女にそれを言わせたこと、それ自体に胸が痛んだ。私の手紙を読んだのなら、察しがつくんじゃないかな」

勇一郎の切れ長の目が開き、菜緒に向けられた。

「つまり天女の娘というのが、奥さん以外の女性を指しているという意味ですか」

「さすが出版社の編集者だ」

と勇一郎がうなずいた。

「ですが、あれらは青春時代のことで、いくら何でも年月が経ち過ぎている気がするんですが」

「その答えは、あいつが妙な碑を作ろうとしていたことにある。何十年も清子さんを裏切っていたんだよ、心の中で」

それを証明するような言葉を将史が遺《のこ》したんだと、勇一郎は息を吐いた。

「大東さんは、ある女性のことを忘れるようにと手紙に書いておられますが、具体的な名前は出しておられないですよね」

「互いに分かっていることだからね。それに、名前というものには想像以上に力があるので、かえって思いを募らせることもある。そんな気持ちも当時はあった。とにかく、できるだけ早く忘れてほしかったということだ」

「念のため伺います。将史さんが天女の娘と表現したのは汐見陽子さんですか」

「あいつの初恋だった。その上、将史は馬鹿がつくほど、一途な男だったんだ。清子さんと結婚して、子供までもうけながら……忘れられなかったんだ」

勇一郎はカップが空になっているのに気づくと、近くにいるスタッフにコーヒーのおかわりを頼んだ。

「その陽子さんの元へ行くということは、陽子さんも亡くなっていたんですね」

「サキさんから聞いた」

将史はサキが亡くなる少し前に、陽子の死を知ったのだそうだ、と勇一郎が言った。

「将史さんは、陽子さんの居場所をご存知だったんですか」

「いいや。サキさんが亡くなる前に将史にこんなことを言った。『やっと娘に会える。会って謝りたい。謝っても許してくれないだろうが、強く抱きしめたい』と。それを電話で伝えてきた将史の声が、いまだに耳から離れない。だから正確に覚えているんだ」

それを聞いて将史は、自分が守ってやれなかったと電話口で悔しそうに嗚咽《おえつ》を漏らしたという。

それから数ヵ月して将史は自殺したことになる。

「だから、天女の娘という言葉を聞いた瞬間、陽子の顔が浮かんだよ、一七歳のままのね」

「大東さんも陽子さんをよくご存知なんですね。やっぱりきれいな人だったんですか」

「私は彼に連れられて、そうだな五、六回くらいは会ったかな。子供の頃から女優のように整った顔立ちだったことは確かだ。将史が一目惚《ひとめぼ》れしたのもよく分かる」

「将史さんの方は頻繁に会われていたようですね」

「頻繁に？」

「陽一さんからそのように聞いています」

「そうか、彼にも会ったのか。まあ将史は陽一くんと仲がよかったからな。二人は、いや陽子も入れて三人は、絵でつながっていたんだ。その陽一くんが、あんなことになってしまって……なんだか天女に関わった人間が皆いなくなるような、奇妙な感じを覚える」

「私、お目にかかった直後だったんで、ほんとうにびっくりしています」

「彼は人殺しをするような人間ではない。姉思いの優しい子だったし、テキスタイルデザイナーとしても優秀な人間だった」

陽一のデザインした反物やタペストリーを自社で扱ったことがあって、評判もよかったと言った。

「よりによって仲のよかった将史さんの息子さんを手にかけるなんて、とても信じられません。あんなむごいこと……」

殺害現場にいたことを思い出すたび、いやな気分になる。

「何かの間違いだ。まったく警察は何をしているんだ」

「陽一さんが家の恥を公にしてほしくないために亀井監督を殺害した、と思っているようです」

陽一の遺書メールのことは伏せておいた方が無難だ。

「家の恥、か。それは、将史があの碑の企画を立てたときから問題になっていたことだ。父子二代にわたって汐見家の恥をさらそうとしたことが、悲劇を産んだということだな」

菜緒は、『あの家には近づくな。かえって悲しませていることが分からないのか。何より奥さんが可哀想だろう。何も知らず一所懸命に教壇に立っているんだ。断っておくが、寄付するお金が惜しいから言うんじゃない。自分の気持ちを軽くしたいがために、多くの人の心を踏みにじっていい訳がない。過去からの呪縛《じゅばく》を解け。とにかく馬鹿な計画は断念すべきだ』と勇一郎が「乙女の碑」に反対し、やめるよう説得する文面を思い返していた。

「分からないのは、そこなんです。亀井監督が汐見家の過去に触れたのには、お父さんの自殺の真相を知るという目的があります。しかし将史さんは、なぜそこまで『乙女の碑』建設にこだわったのかが分かりません。親友の大東さんの助言も聞かないで」

「それについては、ずっと私も考えているよ」

勇一郎は、長く伸びた白髪交じりの眉を指で摩《さす》り、

「たぶん、陽子のことを声高に言えないのなら、せめて母親の存在を残したかったんじゃないか。でないと、何もなかったことにされてしまう」

と眼鏡の位置を直した。

「しきりに風化を恐れていたのは、亀井監督が書かれた町長とのやり取りで分かります。でも、そうすることが汐見さんのご一家を苦しめるとは考えなかったんでしょうか」

「私も何度も繰り返して、そう言った。そのたびに将史は親父さんの名前を出す」

「次郎さん？」

「家系図が頭に入っているようだな」

勇一郎は、うんと唸ってうなずいた。

「次郎さんは、サキさんたち女性が開拓団の命を救ったのを目の当たりにされてますからね」

「次郎さんが感謝状を出した。そのことは？」

「存じてます」

亀井の集めた資料にあったと菜緒は言った。

「そうか、それも……。和将くんはかなりなところまで調べていたんだな。それらをいまは全部あなたが持っているんだ。まあいい、親父さんは、公表するためじゃなく、ただ受け取ってほしかったんだと言っていた。サキさんに申し訳ないことをしたって」

「申し訳ない……」

「どうやら『お接待』を言い出したのは、他ならぬ次郎さんだったようだ」

と勇一郎は、苦い薬でも飲むように水の入ったコップを勢いよく喉に流し込んだ。気管にでも入ったのか、激しく咳《せ》き込む。

「大丈夫ですか」

菜緒は声をかけたが、しばらく咳はおさまらなかった。

ホテルのスタッフが心配して駆けつける。

勇一郎は手のひらを上下させ、声に出さず大丈夫、と唇を動かした。スタッフはうなずき、ゆっくりと席から離れていく。

もう一度菜緒が、

「ほんとうに大丈夫ですか」

と尋ね、話の続きは日を改めてもいい、と勇一郎に告げた。

「いや、大丈夫。七三年も生きてくれば、そこら中にガタがきてるもんだよ。水を飲めばすぐよくなるから」

それから四、五分ほど椅子の背に身を預け、勇一郎は水を飲んでは息を整えた。

「お仕事でお疲れなのに、ほんとうに申し訳ありません」

と謝った。おしぼりで顔を拭《ぬぐ》う彼の頬の辺りに、疲れが滲《にじ》んで見えたからだ。

菜緒は、父親が定年間近に無理をして風邪をこじらせ、肺炎をおこしたときのことを思い出していた。元気そうに見えていても過労は万病の元だ。

「どこまで話したかな」

と深呼吸して、勇一郎が菜緒に向きなおる。

「お接待を言い出したのは次郎さんだったのではないかと」

「そう、そうだ。他の女性は感謝状を受け取ったのに、サキさんだけは拒否した。どうして感謝状にこだわったのか、将史自身長い間分からなかったようだ。感謝状には具体的なことは書いてないにしろ、思い出したくない過去だからな。他の女性が受け取ったことが不思議なくらいだと思っていた。だけど、他人の犠牲の上に繁栄はない、と次郎さんがよく言っていたのを思い出したんだそうだ」

「女性たちの犠牲を蔑《ないがし》ろにしてＭ町の繁栄はない、ということですか」

「役人だった将史は、そう受け取ったんだろうな」

「でも感謝状なんかで……」

許せるはずない、という言葉が出そうになった。

「女性たちの怒りがおさまるはずがない。それでも受け取ってくれた女性もいる。サキさんの怒りは、根深いものだったたってことかもしれん。これは書かんでやってほしいんだが、約束を守れるか」

「人を傷つけるものを出版するつもりはありません。いくらそれがお金になっても、それが私の良心です。他の編集者がどうあれ、私を信じてください」

言葉に力を込めた。いや自然にこもったのだ。いまだに文学の可能性を信じている菜緒を冷笑する人間がいることもよく知っている。でも苦しいときに本に、小説に、物語に救われた人がいるのも事実なのだ。菜緒は「同じ本なら、悪意より善意を喚起させるものを世に送り出したい」と至誠出版の志望動機に書いた。十数年経ってもそれは揺るぎない菜緒の信条なのだ。

「分かった。陽子は、サキとロシア兵との子だった」

勇一郎は身を前にかがめ、小声で言った。

「それは、汐見さんが否定されました」

菜緒もささやき声になる。

「当然だ。いまとなっては誰も知ることのない家の恥を、自らが詳《つまび》らかにする必要はないからな。恥は言い過ぎだと思うか？　それはな、風見さん、時代が今とはちがうんだ。戦後間もない時期に、ロシア兵の子供を身ごもること、そして産み落とすことがどれほど衝撃的なことか、若いあなたには想像もできんだろうね」

ことに田舎町では、と勇一郎がつぶやいた。

「想像はできます。ただ家の恥ということではなく、望まない妊娠をした女性として、お腹を痛めた母親として、複雑な気持ちだったということが」

「複雑、か。そうだろうね。私は男として、芳夫さんの気持ちを考えてしまう。あの人は何もかも知っていてサキさんと一緒になったんだからね」

時代と田舎の閉鎖性とを考えれば、外国人の子供を妊娠した女性を妻にするには相当な覚悟がいる。村八分にされるかもしれない。それを知っているサキは、夫への謝罪と感謝の言葉を、看病をする将史に繰り返していたという。

「芳夫さんはずっとサキさんを好いておったそうだ。だからといって敵兵の子を身ごもった女性と結婚する男はなかなかおらんだろう。余計につらいじゃないか」

「よほど愛してらしたんですね」

「今の時代なら、愛という言葉で納得できるかもしれんな。芳夫さんも女性たちによって命を救われた一人だったとはいえ、彼の寛容さには、同じ男として頭が下がるよ。もし生まれた陽子が……あんな容姿でなければ、隠すことなく普通に育てられただろうな」

「あの、では離れに隔離したのは」

「見れば芳夫さんの子供ではないとすぐに分かるだろう。赤ちゃんの頃から、一見して日本人の顔立ちではなかったんだそうだ。取り上げた産婆が言葉を失ったくらい。芳夫さんは何も言わなかったが、サキさんが産婆と相談して隠し通そうということになったと聞いている」

勇一郎がゆっくりと首を振り、

「陽一くんは何も言ってない？」

と聞く。

菜緒は短く、はいと言った。

「そうか」

まずかったかな、と勇一郎が小声で言ったのが聞こえた。

「では、あの興信所の調査報告書はどうなるんでしょう。今日伺いたかったことの一つは、その報告書に記載されている内容についてなんです」

「私も話すつもりだったが、陽一くんが話していないのに、どうしたものかな」

勇一郎は菜緒から視線をそらし、ホテルのフロント付近にディスプレイされている生け花に目を遣《や》る。

「さっきも言いましたが、事実を知っても、都合が悪ければ本には書きません。ですが、事実を知らないと推測を文章にしてしまうことは十分ありえます」

「うまい脅しだ。風見さんは見かけによらずやり手だな」

勇一郎は笑った。

「真剣なんです。亀井監督の思いを本にするために」

「つまりは将史の遺志ってことになるんだな。よかろう、包み隠さず話そう」

勇一郎はまた水を飲み、

「もしかしたら、将史が命を絶ったことに関係しているかもしれん」

と話し始めた。

16

菜緒は京都にいた。例の調査報告書を書いた林善太郎に会うためだ。現在、彼が老人施設『むらさき苑《えん》』に入所していることは勇一郎から聞いた。

美千香の車で市内の北部、紫竹《しちく》と呼ばれるところにきていた。大徳寺《だいとくじ》の有料駐車場に車を駐《と》めて、少し歩く。アポイントメントの午後二時までは、まだ一時間ほどあるのに美千香は急ぎ足だった。理由を聞いても、菜緒に食べさせたいものがあるとだけ言って美千香は笑った。

歴史的な山門や塔頭《たっちゅう》に目を奪われる菜緒をせき立てて、さっさと境内《けいだい》を出る。不慣れな美千香は、境内の道を行くと目的の小路に行き着けないのだそうだ。それでもいくつかの別の古刹《こさつ》が菜緒の目を楽しませ、京都にいることをいくらか実感させた。

車が行き交う大宮《おおみや》通を北に歩くと、そこは歩道が石畳風に整備された商店街だった。キョロキョロしながら歩いていた美千香が立ち止まり、

「あそこよ」

と一点を見上げた。

「うどん松太郎《まつたろう》？　おうどん屋さんですか」

京町家の二階に、左右から見えるように三角柱の木に白文字の看板が掲げてあった。うどん屋なら、ここまでに何軒かあった。美千香がこだわるくらいだから、よほど美味《おい》しいか、珍しいものを出す店なのだろう。

「定食を食べましょう」

「私はおうどんだけでいいです。林さんに会う前なんで」

「おうどんだけじゃダメ。今日は好きなうどんを選んで付ける定食。すごくこだわってて、とても美味しいらしいわ」

「らしいって、美千香さん食べたことないんですか」

「初めてきたんだもの。だから、挙動不審な歩き方になっちゃった」

肩をすくめ、美千香が白い暖簾《のれん》をくぐる。ふわっと鼻に飛び込んでくるのは、鰹《かつお》と昆布《こんぶ》の出汁《だし》の香りだ。店内は、平日にもかかわらずテーブル席は満席で、壁に向かったカウンター席に二人並んで腰掛けた。

「今日は暑いから、冷たいきつねうどんがいいよね」

手で顔を扇《あお》ぎながら美千香が聞く。

「はい。冷たいきつねうどんって私はじめてです」

「オッケー」

美千香がばらずし定食「い」を注文し、しばらく待ってうどんと一緒に出てきた皿に盛られたものを見て、菜緒は驚いた。

「これって」

「そうよ。お店の右側に緑の暖簾がかかってたでしょう」

「私、看板ばかり見てたんで」

「じゃあ成功ね。お土産《みやげ》用に販売してるのを見せないように工夫してたのよ。ここは京丹後の『とり松《まつ》』本店の姉妹店。カザミンが食べた『ばらずし』と同じ味が食べられるのよ、京都市内にいながら。どっぷり羽衣伝説に浸《ひた》ってるって感じが、なんかいいじゃない」

『むらさき苑』へのルートを検索していて、近くで昼食を食べようと考えて、偶然見つけたのだそうだ。

「この甘み、美味しいです。具だくさんで母にも大好評だったんですよ」

ばらずしを口に運ぶなり菜緒は言った。

「分かったから、そんなに頬張《ほおば》りながら喋《しゃべ》らないの。イッちゃんに言いつけるわよ」

「すみません。美味しくて、つい」

菜緒は口を整え、冷しきつねの大きな真四角のお揚げの横から、汁を飲む。心地よい冷たさと、深みのある味が口中に広がり、また感嘆の声が出そうになったのを抑えた。

「お出汁、美味しいわね」

菜緒の表情を見て、代わりに美千香が大人の顔で言った。

「こだわりって、やっぱりこれ見よがしに主張しなくても、ちゃんと伝わってくるものですね」

「感じとる舌、味覚が具《そな》わってれば、ね」

「そうか、そうですね」

「妙なところで感心してないで、食べ終わったら、昨日大東さんから訊《き》いたことを詳しく教えてよ」

美千香の言葉に促されて、それでも、ばらずし、冷しきつねうどん、香の物、和食なのになぜかデザートとしてついていた杏仁《あんにん》豆腐を存分に味わって食べた。

食べ終わり茶を飲みながら、菜緒は勇一郎への取材を振り返る。

「大きな会社の会長さんなのに、人柄は偉ぶることもなく気さくで温厚という印象でした」

「手紙でも将史さんを思いやってるし、気持ちは優しい方だと思う」

文章から伝わる勇一郎の印象は、美千香も菜緒と同じだったようだ。

「それだけに将史さんの自殺は、相当なショックでずっと心にわだかまったままのようです。あれやこれやと考えても、これが原因だというものは見つけられなかった。たぶん一つじゃなくいろんなことが将史さんを追い詰めたんだろうと。その一つが」

言葉を切って、菜緒は美千香に身を寄せ声を潜める。

「陽子さんはロシア兵との間に産まれた子どもでした。だから隠さざるをえなかった」

「そうだったんだ。サキさんも、陽子さんも……可哀想《かわいそう》。二人には何の落ち度もないのに」

美千香の声が震えている。

やはり監督の祖父、次郎が『お接待』をさせた張本人だった、という話と、何もかも知っていて汐見芳夫がサキを嫁にしたことを美千香に伝えた。

「聞けば聞くほど、胸がつぶれそうな話ばかり。すべてを戦争のせいにしたいけど、それも何かちがうような気もするし、ヘコむね」

美千香が、横にいる菜緒ではなく茶色い壁に向かってつぶやいた。

「もっと辛《つら》いことを聞いたんです。実は陽子さんは心の病なんかではなかったって」

「えっ、どういうこと？」

美千香がこっちを見た。長い髪が大きく揺れる。

「病弱だとか、伝染性の病気だとか、全部嘘《うそ》だったんです」

「でも、一七歳のときに精神科の病院に入ったって、例の調査報告書に書いてあったじゃない。あれは？」

サキをはじめ、陽一や産婆、医師などの証言と調査員の所見にまで記されていたではないか、と美千香は責めるような口調で言った。

「実は離れから、突然いなくなった。つまり家出をしたんです。そのまま行方不明だったんですが、サキさんたちは警察に捜索願を出しませんでした」

陽子の秘密を知っている人間のみで血眼になって探したというのだ。お金も持っていないし遠くには行けない。寝間着のままでうろついていると奇異に思われ、たちまち問題になる。

「みんな慌てていたみたいです」

「みんなっていうのは、両親と陽一さん、それと……?」

「産婆《さんば》さんに小児科の主治医」

「嫌な予感が的中しそう。みんな林さんの書いた調査報告書に登場する人たちじゃない」

「そうです、証言者たちです。そして誰《だれ》も家出したなんてことは言ってません」

「いったいどうなってるの」

「調査したのは昭和四六年ですから、陽子さんは二五歳、失踪《しっそう》してから約八年が経《た》ってる計算になります。そんな状況でみんなして嘘の証言をしてるんですよ」

「一七歳の少女がいなくなってるのよ。安否が心配じゃなかったの」

「私も、大束さんにそう言いました」

勇一郎の答えは、こうだった。
二、三日して産婆の和田民子が陽子を見つけ、知り合いの婦人科の医師のツテで富山の病院に入れたというものだった。
「病気でもないのに入院させちゃったってこと?」

美千香が少し菜緒から離れる。女性二人が寄り添いすぎだと思ったのか、客観的になろうとしたのかもしれない。

「きちんとひとと話すことができなかったり、計算ができなかったり、あとお箸《はし》が使えなかったりするだけで、当時はすぐに入院させる精神科病院があったんだそうです」

「ああ、そんなようなこと聞いたことがある」

東日本大震災で、被災した精神科病院の患者が、やむなく別の病院に避難した。そこで実は病気ではなかったことが発覚したというドキュメンタリーをテレビで視《み》た、と美千香が思い出す。

「病気でもないのに五〇年以上も世間と隔絶されていたみたいだった」

「うわーひどい、人生を返してほしいですよね」

「陽子さんの場合も五五年前で、そのままそこで亡くなってたら……人の一生をなんだと思ってるの」

美千香が拳《こぶし》で膝《ひざ》を打った。

「怖いです。昔はそういう病院があったってことですからね」

「『カッコーの巣の上で』、だわ」

美千香が古い映画の題名を口にした。

「そう言えば、監督の事務所にもありましたね、DVDが」

いろいろなものが散乱している床を思い出す。

「そうか、あそこで見てたから、すっと出てきたんだ題名が。カザミンは観《み》たことある？」

「ジャック・ニコルソンですよね。怖いけど、好きな俳優さんなので」

「私も夏の夜にBSで『シャイニング』を見て、ジャック・ニコルソンに惚《ほ》れた。元々原作のスティーブン・キングが好きだったのもあるけど。私のイメージ通りだったんだよね、シャイニングの主人公のジャックに。主人公はジャック・トランスというんだけど。『カッコーの巣の上で』の主人公は、確かマクマーフィー」

マクマーフィーは一五歳の少女への暴行という罪で刑務所に服役させられることが決定する。服役から逃れようと、詐病によって精神科病院に入院することに成功。次々と院内規則を破っていく彼を、はじめは受け入れられなかった入院患者たちだったが、徐々に気持ちが変わっていく。自分の意志を持ち人間らしい表情になっていくのだ。しかし病院はそれを許さない。ある夜、乱痴気騒ぎを起こし、婦長から激しく叱責《しっせき》された患者が自殺を遂げた。それに激昂《げきこう》したマクマーフィーは婦長に手を上げてしまうのだ。その結果、彼は感情の起伏を抑えるべくロボトミー治療を施され、意思の疎通もできない廃人と化した。

「もぬけの殻のようになったマクマーフィーに、患者の一人が枕《まくら》を押しつけるシーンで、私号泣しちゃった」

思い出したのか美千香の声がうわずる。

「患者を快方に向かわせた人が、廃人にされたんですものね。でもアメリカの精神医療って日本より進んでいたんですよね。あの映画って」

「一九七六年、昭和五一年、私はまだ赤ん坊。以前にムック本でジャック・ニコルソン特集をやったときに調べたから間違いない」

「四〇年前ですか。日本はもっと遅れているから、美千香さんが言った、何十年も入院を強いられた方がいたってこともうなずけますね。陽子さんも病気じゃないのに入院させられて、そのまま亡くなったんですもの」

「病院で亡くなったんだ。じゃあ一度も病院の外に出てないのね。家出した二晩だけ自由だったのか。悲しすぎる。あれ、入院するのって家族の同意は？」

「当然、必要ですし、第一入院費用のこともあります」

「そうよね、入院はタダじゃないんだから」

「両親のところに保護したという知らせはすぐに入ったんです。ここからがもっと悲しいんですけど……」

菜緒は一息入れた。

「両親が入院を望んだんでしょう?」

菜緒が小さくうなずくのを見て、

「五〇年間入院してたっていう男性の親も、そうだったもの」

と美千香は目を閉じた。

「国は精神障害者の隔離収容政策を進めてたみたいです」

勇一郎から聞いたことを菜緒は辞典などで調べ、そこで知った内容を話す。明治時代の「精神病者監護法」によって私宅監置を制度化していた。これは事実上の座敷牢《ざしきろう》だ。それが戦後「精神保健及び精神障害者福祉に関する法律」の公布により私宅監置は禁止され、その代わりに精神科病院など収容施設が急増する。

「つまり病気の治療というより、やっぱり隔離が目的だってことね」

「そうです。労働する人の手を煩わさないようにして、生産性をあげようというものだったみたいです。冷たくて悲しい政策ですよ。だから、家族が入院を希望すればそのままずっと収容する病院があったということです」

「じゃあその病院は病気でもない陽子さんを隔離収容してたんだ。何てひどい病院なの。でも、精神科病院のことには触れない方がいいかもね、出版するとなると各方面に神経使わないといけないから」

「編集者の立場からはそうですね。だけど今回私は、執筆者なので思い切って書いてしまおうと思います」

「玉木さんに委《ゆだ》ねるんだ」

菜緒は大きくうなずいた。

「そうだ、その病院を林調査員が突き止めたのは、患者が描《か》いた絵が医学雑誌に掲載されたことがきっかけだったわよね。絵を見つけて、将史さんに似ていると気づいたのって大東さんじゃなかったの。二人の接点は？」

「そこが大事な点なんです。陽子さんの行方を捜したいと言い出した将史さんに、興信所を使うことを提案したのが、勇一郎さんだったんですよ」

将史が一向に陽子を忘れなかったのを見かねた勇一郎が、会社で使っていた鞍馬口興信所を紹介した。彼はそのときすでに、京東商事を経営する大東家の養子となって会社の若き幹部候補生だった。

「で、医学雑誌で絵を見つけ、興信所の手助けをしたのね」

「雑誌そのものではなく、雑誌の表紙を紹介したチラシだったみたいです」

「調査報告書には病院の名前がなかったけど？」

チラシにはある精神科病院としかなかった。林は雑誌の版元に当たって病院を突き止めたが、その名を明かさなかった。大東もその方がいいと判断したのだという。

「病院が分かると、将史さんが妙な行動に出てしまうと思ったんだそうです。陽子さんの失踪はみんなで隠したけれど、精神科病院への入院は本当だったってことですね」

陽子が家出をしたことは調査書からは分からない。入院は陽子の両親が決めたことであり、将史はそれを受け入れるしかなかったはずだ。それなら将史が三年も経って、妻や子供を残して陽子の後を追うほどの責任を感じることはない。

菜緒は調査報告書を読んだときの将史の様子が知りたかった。

「それじゃ林さんに会いに行きましょう」

と、腕時計を見た美千香は伝票を手にして立ち上がった。

17

店を出てから、車はなだらかな勾配《こうばい》を北に向かって走り、五分ほどで『むらさき苑』と書かれた門扉が見えてきた。駐車場には、苑のワゴン車が二台、面会者のものと思われる車が三台駐まっている。それでも数台の余裕があるようだった。

車から降りると、山からの風で蒸し暑さが幾分ましに思えた。美千香によれば、ここは洛北《らくほく》に位置するため、真夏でも市内より二、三度気温が低いそうだ。

菜緒が受付で、林への面会を申し出ると、すぐに施設内にある多目的ルームに案内された。部屋の傍らに面会者ブースがあり、そこで待っていると男性が名刺を持って出てきた。

「わたくし当施設の事務局長で、榎並《えなみ》と言います」

「今日はありがとうございます」

菜緒に続き美千香も名刺交換した。

「大東さんから話は伺ってます。大東さんにはいつもお世話になっておりまして。林さんは、間もなくこられますが、少し認知機能に問題があって、時折混乱されることがあります。そのときは付き添いのスタッフで、中多《なかた》という女性が話に加わることをお許しください」

それだけ言うと丁寧にお辞儀をして立ち去り、入れ替わるように女性が押す車椅子《くるまいす》に乗った小太りで頭髪のない老人が姿を見せた。女性の胸の名札には中多とあった。

「林さんです」

車椅子を止めると、

「林さんのお仕事、興信所の調査員時代のお話をしたいんだそうです」

と中多が表情のない林の耳元で言った。

「調査依頼？」

「いえ、依頼ではありません。かなり昔に調査されたことで伺いたいことがあるんです」

菜緒が、名刺を手渡して自己紹介した後、汐見陽子についての調査報告書のコピーを林に見せた。

「大束勇一郎さんの紹介で亀井将史さんが依頼主です。覚えておられますか」

「大束さんには世話になった。けど亀井さん……よく分からんな」

「京都府中郡のM町、羽衣伝説の町で一七歳の少女がいなくなった。その少女が陽子さんで、あなたの調査報告では富山の病院へ入院したことになっています。それが分かった手掛かりは陽子さんの描いた絵だった」

絵の写真を見せた。

「うーん、見たことがあるな。けど、ぎょうさんの人捜しをやったからな」

林は写真を睨《にら》みつける。

「陽子さんは外国人のような色白の女の子でした。彼女が入院していたのは精神科の隔離病棟だったんです」

「隔離病棟に……外国人のような色白の女の子。見たかもしれへんな」

「依頼人の亀井さんは、こんな方です」

菜緒は将史の写真を見せた。

「これ、覚えてる」

そう言うと林は、もう一度調査報告書のコピーに目を落とした。何かを確かめるように、文章を黙読し始めた。

彼の手が止まった。

「昨日書いたような気分や。全部、目に焼き付いとる。思い出した。この人これを読んだら、えらい剣幕でな……調査費はもろてたさかい、逃げて帰ったんを覚えとるわい」

「怒っていた？　それは調査に不満があったからでしょうか」

「そうやろ。誠心誠意調べたのに」

「病院の名前も書かれてないし、調査が不十分だと思ったんでしょうか」

「いや、こんなもん端《はな》から信じられるかって態度やった。思い出したら腹が立ってきた。けったくそ悪い、ああ、もう帰ってくれ」

林が体を激しく左右に揺すった。

「富山の病院には行かれたんですよね」

「もうええ」

菜緒の言葉を手で払いのけるようにして、さらに激しく体を揺らす。

「林さん、そんなに興奮しないでください」

中多が林を諭《さと》すが、体の揺れはおさまらない。

「お薬、飲みましょか」

「うるさい！」

怒鳴り声に菜緒は息が詰まった。夫のDVを受けて以来、男性の怒号を聞くと耳から脳へと針を刺すように痛んだ。動悸《どうき》が激しくなって、汗が噴き出す。

「これ以上は無理みたいです。中断してもらっていいですか」

中多が頭を下げ、車椅子のストッパーを解除した。

彼女の中断が、むしろ菜緒を救った。これ以上男性の怒声を浴びせかけられれば、悲しくもないのに涙が止まらなくなるからだ。

「ありがとうございます」

声も出せない菜緒に代わって、美千香が礼を言ってくれた。

車に乗り込むと、菜緒は深呼吸をした。

「カザミン、大丈夫？」

美千香がエンジンのスタートボタンを押した。足の裏をくすぐるような振動が臀部《でんぶ》へと伝わる。

「すみません。美千香さんには心配ばかりかけてる感じで」

「そんなことないよ。カザミンはよく頑張ってると思う。怖いものは怖いって、素直に言っていいんだからね」

「そう言っていただけると気が楽になります」

「それにしても、林さん急変したね」

「事務局長さんから聞いてなかったら、もっとびっくりしてました」

「何がきっかけで、怒りモードになったんだろう」

美千香はゆっくりと車を走らせ始める。

「林さんはただ証言をまとめただけだった」

「みんなして調査員を騙《だま》したってことね。家出の事実ばかりか、精神科病院に隔離したことも隠してたんだわ」

「戦争って、やっぱり惨《むご》いだけですね」

ため息をつくと、菜緒は切っていたケータイの電源を入れた。

何通かのメールの中に、苑子からのものがあった。午後四時に太秦の亀井の事務所で落ち合う手筈《てはず》になっていた。事務所を整理するという苑子の知らせを受け、片付ける前に本に使う事務所の写真を撮っておきたいと言ったのだ。

志半ばで倒れた主人のいない事務所こそ、事件の衝撃を物語る証言者だ、という玉木の発案によるものだ。

苑子のメールはごく短く、『いま事務所におります。豪ちゃんも四時前には到着するそうです。ではお気をつけて』というものだった。

「苑子さんは、もう事務所におられるようです」

運転中の美千香に伝えた。

「いま、三時前か。じゃあもう向かってもいいね」

混んでいなければ、三〇分もかからない、と美千香は言った。

「そう、ですか」

「現場が辛《つら》いなら、写真、私が撮ってこようか」

「あっ、いいえ。三松さんもきてくれるそうですし」

「そう、三松さんも」

「彼にも取材したいですから」

意図は分からないけれど、三松は最後に調査報告書を託された人物でもある。いや、事件に関係なく、亀井を間近で見続けてきた俳優としてもインタビューしてみたかった。本当に「叱《しか》られ役」でいることに俳優としてのプライドが傷つくことはなかったのか、率直な気持ちを聞きたい。

「まあ私がついているからね。美千香姉さんに、遠慮なく頼んなさい」

胸を叩《たた》く美千香は頼もしかった。

「ありがとうございます」

一樹が、美千香にならなんでも素直に打ち明けるのが分かる気がした。親にもない、当然夫にもなかった何かで、優しく包んでくれる感覚がある。たぶん親友だからというのでもないのだろう。

車は美千香が言ったように、三〇分とかからずマンションに到着した。車から降り、美千香の後を追うように事務所へと向かう。

部屋の前で美千香と入れ替わりインターフォンを押すと、苑子が出た。

「開いてますので、どうぞ」

二人は部屋の中に入る。

上がり框《がまち》に出迎えてくれていた苑子に、

「思い出すと……」

と菜緒は目頭を押さえた。

「そうですよね。私も空気が重苦しくて、立ち尽くしてしまいました。どうぞ中へ」

「はい。奥さんの方が辛いのに、すみません」

美千香がそっと背中を撫《な》でてくれたのを機に、靴を脱ぎ思い切って用意されたスリッパに足を入れる。

「この辺りに散乱した書類だけは、整頓しました。奥は……」

苑子が仕事場に目を遣《や》る。

亀井が倒れていたデスクの横にある応接セットに座っていた豪が立ち、

「初めまして、三松です。このたびは監督の本を出してくださるそうで、監督も喜んでいると思います」

と頭を下げた。撮影所で見たときよりも首が太くがっしりして見え、スーツの上からも筋肉質なのが分かった。

「打ち上げのときにもご一緒しておりました。至誠出版の編集者、風見菜緒といいます。こちらは監督の出版を手伝ってくれるフリーランスの編集者、加地美千香さんです」

菜緒の紹介に、美千香が明るくよろしくと微笑《ほほえ》む。

「風見さんも、大変でしたね」

「あまりのことで、記憶もはっきりしているところと飛んでしまっている部分があって」

と菜緒が言ったとき、苑子がソファーに座るよう三人に勧め、缶コーヒーをテーブルに並べた。仕事場の片隅にあるキッチンも掃除しないと使えない状態だという。

三松の隣に苑子、向かいに菜緒と美千香が座る。三松の前には、すでに空けた缶コーヒーがあった。

「分かります。僕は心の柱が折れてしまった感じです。いまだに信じられませんし」

「いきなりこんな質問をしていいのか分からないんですけれど、亀井監督の人となりを知る上で重要だと思うので、お聞きします。監督は、現場で三松さんをよく叱ってらしたようですね。私が見学した折も、アクションシーンでかなり厳しい言葉で指導されていました。それは他の役者の気持ちを引き締めるためだという方もおられます。ほんとうのところはどうだったんですか」

「他人《ひと》は叱られ役だと言ってるんでしょう？」

「そうです」

「そのシーンを平凡でなくすのは役者のジェラシーだ。それが監督の持論でした」

ジェラシーは良い方向に使えば、その役者の持っている力を一〇〇パーセント、いや一二〇パーセント発揮させられる。ただ、度が過ぎれば足の引っ張り合いになる。だから現場に蔓延《まんえん》する嫉妬《しっと》の炎を感じたとき、監督は失敗していないのに三松を叱責した。

「むしろ普段より上手《うま》くやれているのに、ですよ。すると、他の役者さんたちが結束するんです。ジェラシーの火を鎮火させるんですよ。だから僕は、傍目《はため》から見てもきちんと役を演じきっていないと、ダメなんです」

「失敗したから、叱られるんじゃなく、その反対だったんですね」

「単なる叱られ役ではない、ということです。特に上手くできたときにこそ、監督は怒鳴ることができる。お分かりですか」

「叱責は、三松さんにとっては褒《ほ》め言葉だった？」

「そういうことです。繰り返される叱責を根に持って、監督をどうこうするなんてあり得ないことが分かると思って、刑事さんにも同じことを言ったんですが、理解されませんでした。奥さんの前では言いにくいんですが、監督はストレートより変化球が多いタイプです」

「変わり者ってことね」

苑子が苦笑した。

「それは否定しません。でないと監督という大変な仕事はできないと思います。その監督に代わって原稿をお書きになるのは大変だ」

三松はうっすら微笑んだ。

「私も手探り状態です。大変と言えば、三松さんの方が」

任意での事情聴取の話になった。

「どうも妙な具合でしてね。僕が解放された理由を訊いても、監督を殺害したと主張する人物が浮上したからだとしか言わない。じゃあその人が犯人なんですかって質問すると、それは言えないという。解放されてから、新聞なんかの報道を見ると、その人が監督の故郷で自殺したってあるじゃないですか。それが汐見さんだったなんて」

一気に話すことで、三松は頭を整理しているようだった。

「汐見さんをご存知《ぞんじ》なんですか」

菜緒が訊いた。

「監督から紹介されたんです、お父さんをよく知る方ということで。とてもそんなことをするような人に見えませんでした」

駅前のホテルのラウンジで、亀井に引き合わされたのだそうだ。

「でもなぜ、三松さんに紹介されたんですか」

「内密に進めてたことなんですが、監督も亡くなったし……もう言ってもいいかな」

と三松は前置きして、

「監督はドキュメンタリー映画がウケないのは重々分かっておられて、ドキュメント風のフィクションを作ろうとされてたんです。分かりやすく言うとテレビなんかでよくやる再現ものですね」

その主人公、将史役を三松にやらせる構想を亀井は抱いていたのだそうだ。

「その原作が、風見さんの会社で出していただくはずだった本なんです」

「映画制作？　それは諦《あきら》めて本にするというんじゃなかったの」

声を上げたのは苑子だった。

「奥さんに言わなかったのは、お金の面で心配かけたくなかったからです。スポンサーもほぼ確保されてたみたいで、本決まりになったら奥さんやプロデューサーの小金沢さんに話すつもりでした」

「お義父《とう》さんの自殺の真相を描いたものに、スポンサーなんてつくのかしら」

苑子は目をしょぼしょぼさせた。その顔つきは、監督が映画にのめり込むあまり、経済的なことで苦労した経験があったことを容易に想像させた。

「監督は自信を持っておられました。『乙女の碑』の持つ意味と意義はすでに理解してもらってるはずだからと」

「乙女の碑……もしかして、スポンサーって京東商事ですか」

菜緒が言った。

「えっ、風見さんに話してたんですか、監督。絶対に秘密だっておっしゃってたのに」

三松が少し体をのけ反らせた。

「いいえ、監督は何も。監督の調査の足跡を辿《たど》っていて、京東商事の会長、大東さんにお目にかかったんです」

菜緒は、将史に宛《あ》てた勇一郎の手紙などの資料から始まり、林の調査報告書、陽一、そして大東に至るまでの「乙女の碑」に関《かか》わる人物から得た情報を話した。

「僕も、断片的で表層的って言ったらいいのかな、お父さんが『乙女の碑』建設の企画をしていたことと、初恋の女性の境遇、そして遺書のようなメモのことは伺ってましたが。汐見さんと会ったとき、彼は将史さんと陽子さんを応援したという印象を覚えました。なのに、病気でもない陽子さんを病院に隔離してただなんて」

「ひどい……」

と苑子が言葉を吐き出した。

「そうなるとますます将史さんが可哀想に思えてきます。演じる者として、言葉は軽いですが純愛みたいなものを感じたんで」

「純愛ですか。奥さんがいらしたのに？」

菜緒は聞き流せなかった。

「いや、男性の勝手な思い込み、幻想だということは分かってます。ですが、一七歳という多感な年頃《としごろ》に、突然目の前から消えてしまった初恋の女性への思いは、純粋じゃないですか」

だから、あの夜預かった書類は、初恋の女性が、急に精神科病院に入れられたときの心情を演技に反映させるための資料だと解釈したのだ、と三松は言った。

「カザミン、三松さんは感じたままを話してるだけなの。清子さんと結婚したときは、陽子さんはもうM町にはいない。恋愛期間に重なりはないんだから、倫理的には何の問題もないのよ。人が心で誰を思おうと許される」

美千香が割って入った。

「そう、ですけど」

「あの三松さん」

と美千香が三松の方を見て、改まった声を出した。

「あの夜、監督の死亡推定時刻と訪問時刻が近かったから、真っ先に三松さんが疑われたんですよね。でも汐見さんが、自分の犯行だと主張して自殺した」

「汐見さんの犯行だったとすれば、僕が書類を受け取ったとき、すでに監督が亡くなって
いたということですね、あそこで」

三松がデスクの方を見遣る。

「あの、デスクではなく、その後ろの壁際です」

微妙な位置のずれに、つい菜緒は口を出してしまった。

「そうだったんですか。僕は現場そのものを見てないから」

「警察に尋ねられて、もううんざりだと思うんですけど、どんな状況だったのか伺っても
いいですか」

と、美千香はプルトップを開けたばかりの缶コーヒーをテーブルに戻した。

「ここにきたとき、真っ先に思い出してました。どうして異変に気づけなかったんだろう
って後悔ばかりしてます。僕がちょっとこの部屋を覗《のぞ》いていれば、風見さんも嫌な思いを
しなくてすんだんだ」

映像編集の邪魔を極端に嫌う亀井の性格をよく知るだけに、三松は声もかけなかった。

「いままでも、今回と同じようなことがあったんですか」

美千香は確かめた。

「ええ。下駄箱の上に、見ておいた方がいい資料映像とか、参考文献とかが置いてあって、

それを持って帰りました」

「その指示が午前一時過ぎにメールであった。でも、これは監督本人ではなく犯人によるものになります。汐見さんが犯人だと、ひとつ疑問があるわ」

「三松さんが持って帰った調査書、ですね」

　菜緒が続ける。

「監督が用意していたとしても、三松さんにメールを打ったのが犯人なら、封筒の中身も見るチャンスがあったってことですものね」

　調査書の代わりに、仕事場にある映画に関する書類を適当に入れておけばいい。

「汐見さんが、一家の過去をほじくり返してほしくないと思ったのが犯行動機なら、報告書は処分するのが自然だわ。遺体が見つかれば警察が押収することは分かってるんだから」

「美千香さんは、調査書を残したことに、何らかの意図があると思っているんですね」

「そうよ。汐見さんならむしろやらないことよ。でも真犯人にとってはちゃんとした意味があるんだわ」

「汐見さんを犯人にしたのは、真犯人にとって誤算だったってことですね」

　犯人には、意味がある報告書だったが、汐見には無意味だった。

「想定外のことだったのね。一方は隠そうとするのに、もう一方はむしろ提示したかった。

報告書が事件の鍵《かぎ》になる。考えましょう」

と美千香は立ち上がった。歩きながら考えるのが美千香のやり方だ。

「報告書をわざわざ三松さんに持って帰らせた意図が分かれば、犯人が特定できるって訳よ。その前に、報告書の存在を知ってないといけないわ」

「まず調査員の林さん。あと、当時の証言者ですが、陽一さん以外は、亡くなっているか、年齢的に監督を殺害するのは難しいでしょうから、除外できます」

「残るは、大束さんね」

「大束さん？　報告書のことはご存知ですけど、親友の息子さんを殺《あや》める動機がないですよ」

「うーん、大束さんも、報告書の存在を示す意味、ないか……」

と言って、席に戻りかけてデスクの上の一点を見詰めた。

「どうしたんです？　美千香さん」

「いえ、『ショーシャンクの空に』のパッケージに貼《は》られた付箋《ふせん》……」

「ああ、それですか」

三松が美千香に、

「その中の台詞《せりふ》がお気に入りだったんです。何でも、公開当時に疎遠だったお父さんと感想が一致したただ一つの映画だったんだそうです。さっき言った再現ドラマ風の映画にも使いたいとおっしゃってました」

と言った。

亀井父子は上手くいっていなかったのに、映画の感想を言い合ったのか、と菜緒は首をかしげた。

「同じ映画を観たんですか」

「僕は、監督が助監督時代から親しくさせていただいてました。だから父子関係にヒビが入っていたのはよく知ってます。でも『ショーシャンクの空に』が公開されたのはお父さんが亡くなる前年だったそうで、そのときは何とも思わなかったけど、親父は自分との関係を修復したかったのかもしれん、と」

母親に電話する機会があり、たまたま出た父と公開されたばかりの映画の話になったのだという。

「そんなことを言ってたかも。親父が映画を観ていたこともおどろいたが、あのシーンをチョイスしたなんて意外だったって」

苑子の言葉を聞いて、三松が急に立ち上がり、

「刑務所で長年刑に服している初老の黒人が仮釈放の申請を出すんですが、何度出しても通らない。で、もうどうせ無理だ、一生檻《おり》の中で生きていくしかないと、諦めとも覚悟ともつかない心境で、審査官に向かって言った台詞です」

と説明し、咳払《せきばら》いしてからわざとしわがれた声で演じてみせた。

「『後悔しない日なんてないさ。あんたはそう思うかもしれないが、刑務所にいるからじゃない。あの頃を振り返るんだ。若くてバカだった恐ろしい犯罪をしでかしたガキの頃を。あいつに話してやりたい。説教をしてやりたい。でも、できない。ガキはいなくなり、この老いぼれが残った』と言って、時間の無駄はやめようと面接を終えるんです」

「モーガン・フリーマンの台詞でしたね」

公開が二三年前だから菜緒が観たのは高校生の頃だ。三松が演じたシーンも微《かす》かな記憶でしかない。しかし台詞を聞いて、看守よりも、囚人の方の豊かな人間味に感動したことを思い出していた。

「そうです、役名はレッド。つい最近も監督と一緒に観て、僕が監督のお父さん役をするとき、こんな感じの感動的な台詞を用意するから期待してくれって、言ってくれてたのに……」

三松は声を詰まらせ、椅子《いす》に座り込んだ。

「こんな感じの台詞？　すみませんが、もう一度お願いできますか。録音させてください、いいですよね」

急いで美千香が席に戻ると、スマホのボイスレコーダーアプリをタッチして三松に向けた。

三松は今度は座ったまま、レッドになりきって台詞を言った。

「将史さんの心の中には、陽子さんがずっといて、救えなかった責任を感じて生きておられたのでしょうか」

菜緒はボイスレコーダーを確認する美千香の横顔を見た。亀井は、将史役に語らせる台詞に、陽子を助けられなかったことへの後悔と懺悔《ざんげ》を込めようとしていたにちがいない。

「カザミン、レッドの台詞はそんな生やさしいものじゃないわ。『若くてバカだった恐ろしい犯罪をしでかしたガキ』だったと言うのよ。陽子さんは、両親が望んで精神科病院に入れられただけ。それを阻止できなかったことを『恐ろしい犯罪』とは言わないでしょう」

「他に何かあったというんですか」

「もし何らかの犯罪行為があったのなら、将史さんが自殺したこともうなずけるわ」

美千香がもう一度、三松の声を再生する。

「カザミン、さっき林さんに会ってきたでしょ」

美千香の言葉を補足するため、調査報告書の作成者である林元調査員と話したことを、菜緒が苑子たちに説明した。

「将史さんに報告書を手渡したときのことを思い出して機嫌が悪くなって、ちゃんと話が聞けなかったんですけど。でも、収穫はありました。林さんは『隔離病棟に……外国人のような色白の女の子。見たかもしれへんな』とおっしゃいました。たぶん陽子さんの入院した病院に実際に足を運んだんだと思います。病院での陽子さんの様子など聞きたかったんですけどね」

「そんなことまで」

苑子は菜緒たちが元調査員から話を聞いていたことに感心したようだ。

「林さんが気分を害したのは、報告書を見せたときに将史さんが『こんなもん端から信じられるかって態度』だったのを思い出したからよ。将史さんの態度が気にならない?」

と美千香は長い脚を組んだ。

「調査費はもらっているから逃げるように立ち去ったって言ってました」

菜緒が記憶をたどる。

「調査代金は支払っていた。となると将史さんの態度は変よ」

将史は調査に不満なのに支払った代金は取り返そうとしなかったことになる、と美千香が言った。

「そもそも将史さん自身が、興信所を使うことに賛同していたのかしら」

「一番陽子さんの居場所を知りたがっていたんでしょうし」

「そうね。なら、林さんを怒らせるのは得策とは思えない」

林は、唯一陽子が入院している姿を目撃している人間なのだ。陽子のことが気になるのなら、彼から情報を得るしかない。

「決裂したら元も子もないですね。それに、私が想像している将史さんの性格にそぐわないです。そんな短気な方だとは思ってませんでした」

「急なキャラクターの変更は、読者を混乱させるわ」

美千香は、至誠出版の編集者時代から、長編小説におけるキャラクターの一貫性が重要だとやかましく言ってきた。作者に指摘するよう幾度か、菜緒も指導されたことがあった。

「怒るようなことじゃないのに、そうしたのには、そこに何か理由がないといけないんですよね」

「そういうこと。違和感があるわ」

美千香がうなずく。

「調査報告書を信じなかった将史さんの態度を考え合わせると、ひとつの可能性が出てくる。よく考えたら、林さんの調査報告書は、汐見家の証言を通じて陽子さんが病院にいるということを明らかにしたに過ぎない。結局病院名だって明記されてない」

「陽子さんの姿を見たのは、林さんだけなのに……」

菜緒の耳には、まだ林の大声が残っている。

「その林さんの書いたことが正しければ、ね」

「美千香さんは、将史さんのように、報告書の内容は信じられないと言うんですか」

菜緒はコーヒー缶を傾けたが、すでに空だった。

「二五歳の将史さんが、陽子さんの行方を知りたいと思ったから興信所を使った。けれど報告書は、ほとんどが汐見さん一家への聞き取りだわ。それくらいのことなら、すでに役場勤めをしていた将史さんでも調べられること。だって直接話ができるのよ。だとしたら病院への入院はすでに知っていたんじゃない。問題はどこの病院なのかだった。それがないことに腹を立てるのは当然よ。無意味な調査だったし報告書には何の価値もない。なのに保管し、監督を殺害した犯人はそれを三松さんの手に渡るようにした。私は、報告書が持つ意味はただ一つ、陽子さんの存在証明だった気がする。姿を消してから八年経って、分かった事実、富山の精神科病院に隔離されている、すなわち生きていると」

「生きている証明だなんて、それじゃまるで陽子さんは……」

その先の言葉を飲み込んだ。

考えてみれば、林の報告で、陽子が富山にいることは分かったのだ。なのに将史は自力で病院を突き止めようとした痕跡がない。あたかもそこにいないことを知っていたかのようだ。

「それは飛躍し過ぎではないですか。そもそも調査員の林さんが虚偽の報告書を書く理由はなんです?」

三松が美千香へ視線を向けた。

「そこは私にも分かりません。ですが、林さんの調査は、病院で描いた陽子さんの絵が発見されてなければ、成立していません。絵頼みなんです。掲載誌の存在も疑わしい。当時は隔離を優先するお粗末な病院もあったみたいです。そんな病院をうまく利用すれば、偽物の陽子さんをでっち上げることもできた。林さんにも虚偽の報告書を書く意図はなく、誰かの操り人形だったのかもしれません」

「じゃあ汐見家の皆さんの証言は嘘だと？」

「そう思いたくないんだけど……」

「待ってください、お義父さんは、陽子さんがもうこの世にいないと知りながら、汐見さんのお母さんの世話をみていたとおっしゃるんですか」

苑子の疑問はもっともだ。

「監督は、お父さんの自殺の原因を追及していくうちに、戦争の傷跡を引きずる汐見サキさん、そして陽子さんの失踪に関係があることに行き着いた。で、思い出したのが、真面《まじ》目《め》で堅物のお父さんが、囚人であるレッドの台詞に反応したことだった。さらに、それをわざわざ自分に伝えたのもひっかかったんじゃないかしら」

将史が電話で言ったレッドのことと、死の直前に遺《のこ》した言葉『遅くなったが天女の娘の元へ行く。こうするしかないんだ、許してくれ』とを合わせて考えるべきではないか、と美千香は主張した。

「お義父さんが何かの罪を犯していて、それを監督自ら世間に公表しようとしていた、とおっしゃるんですか。しかも自分の作品で？」

苑子の言葉には否定的な響きがあった。

「葛藤《かっとう》はあったでしょう。でも作品にしたい、いえ、しないといけないと思われた。それは、お父さんの名誉を傷つけてもなお、作品にする価値があると判断されたからだと思います」

「それほど重要なことだと」

「文字通り命がけで、取り組まれた作品です」

美千香は菜緒を一瞥《いちべつ》して、強い口調で言った。

「犯人が持ち去った原稿には、将史さんの罪が書かれていた……」

あの夜、菜緒が受け取るはずだった原稿に、将史の犯した罪が書いてあったとすると、将史の名誉を守るために、犯人はその息子を殺したことになる。

「汐見さんが将史さんの罪を隠す必要はないし、そのために監督を殺す動機もない。汐見家を守ろうとして監督を殺害した、と残されたメールにあったらしいけど、そこまでしなくても、出版なり映像化に異を唱えればすむことだわ。プライバシーの侵害を持ち出せば監督だって勝手にはできない」

陽一が犯人でなければ、自殺する理由もなくなる。

「汐見さんは自殺ではなく、殺害されたと言うんですね」

菜緒がはっきりと言葉にした。作者の心のモヤモヤを言葉にすることから、編集者の仕事は始まる。

「そうよ、やっぱり真犯人は別にいる。監督を殺害し、汐見さんに罪を着せた上に、汐見さんを自殺に見せかけて殺した。そうしないと身の破滅を招くと判断したから」

美千香は、今一度三松の台詞を再生した。

18

気づくと午後六時を過ぎていて西日が事務所に差し込んでいた。苑子が近くの中華料理店から出前を取ってくれた。

菜緒は自宅のマンションにきてくれている母に、やはり一泊しないといけなくなった、と告げ、一樹のことを頼んだ。一樹を呼んでもらったが電話口に出ない。寂しさからの反抗だと分かっているけれど、後味が悪かった。

あん掛け焼きそばを食べた後、監督のデスクの周りに座る。

「監督がいろいろ調べておられるとき、何か危険を感じられたことはなかったですか」

菜緒は、『乙女の碑』の完成予想図を見ながら、苑子に聞く。

「まったくなかったんじゃないでしょうか。パズルのパーツを埋めていくのを楽しんでいた感じさえありましたから。いま風見さんが手にしているそれは、確かタブレットにも入れて持ち歩いていましたよ」

「そのタブレットがなくなってる。やっぱり犯人に都合の悪いものがそこにあったんでしょうね」

「カザミン、登場人物はすべて出そろっているのよ」

美千香の言わんとすることは、すでに菜緒も分かっている。

「でも動機も、証拠もありません」

「将史さんの遺書、レッドの言葉、そしてその『乙女の碑』。そこにきっとヒントがある」

「登場人物が出そろってるっていうのは、どういうことですか」

美千香とのやり取りを聞いていた三松が、読んでいた林の調査報告書から顔を上げた。

「今回の事件は、濃密な人間関係なくして起こりえませんでした。それだけでなく当事者は狭い山間《やまあい》の町の因習、暗い戦争の歴史を互いに共有しています。それが加地さんが言った登場人物です。後は消去法で……」

「犯人が分かるんですか、誰ですか」

と問う三松に、菜緒が美千香の顔を窺《うかが》って、

「それは、大東勇一郎さんしかいません」

と答えた。

三松も苑子も、聞いてはいけない名前だったという顔つきだった。驚きよりも、どう対処すればいいのか戸惑っているようだ。

二人ともハガキのやり取りなどから、勇一郎は将史の親友だと思っていた。なのに親友の息子を殺し、その罪を幼なじみの陽一に着せたなどとは、すぐに信じられるものではない。

「けど、大東さんは、監督の映画のスポンサーになると言ってたんですよ」

三松が書類をデスクに置くと真顔を向けてきた。

「そこなんです、大東さんが関わっていると確信したのは」

美千香が続ける。

「苑子さんも監督の原作のドキュメント映画に、スポンサーがつくのかと疑問に思われましたよね。私もそう思います。戦争の悲劇をテーマにしたとしても、父親の自殺の原因を追った映画にお金を出す企業は少ないでしょうし、かなりの冒険です。慎重になるでしょう。しかし大東さんはスポンサーになるつもりだったというじゃないですか。私たちには、暗い話だし親友の恥部をさらすことを嫌って、断ったようなことを言いながら。そうよね、

カザミン」

京東商事には文化事業を推進する部署があり、そこと相談すると言いつつ結果的には断ったようだと菜緒は言った。

「そんなはずはないです。ほぼ決まっていて、後は僕以外のキャスティングを決めるってところまでいってました。ただ、本決まりになるまでは、情報を解禁しないことが約束だったみたいです。だから風見さんにも何も言っていないんだと思いますけど」

「どっちがほんとうか……私はこう思います。スポンサーにはなりたくなかった。でも監督にはスポンサーになると言った。こう考えれば、辻褄《つじつま》が合います。監督の申し出を大東さんは断れない事情があった」

「事情ってなんです」

三松が大きな声を出した。

「どこまで監督が調べているのかを探りたかったから。それが事件の夜、はっきりしたんです。監督が私に言った大事な約束の相手は、大東さんだった」

「でも、それなら防犯カメラに大東さんが映っていたはずでは？」

「防犯カメラに映っても特定されないような格好をしていたんでしょう。顔全体か、特徴が出る耳が映ってないと個人の識別は難しいらしいわ。計画的なら慎重に行動できる。それに、死体発見の直近に訪問したのが、関係者の三松さんだった。だから真っ先に三松さんを疑い、他の人をひとまず捜査対象から外した」

と美千香が三松を見た。

「そして汐見さんの自殺で事件は終結。すべてうまくいったんですね」

奈緒がため息交じりに言葉を吐いた。

「『乙女の碑』をめぐる監督殺害の動機を持つ最適な人物が、汐見さんだったってことよ。でも私たちが警察の捜査を覆すことは無理ね。何の証拠もないし、すべては想像だもの」

美千香が机を叩いた。

「大東さんは何を恐れてたんでしょう……」

菜緒は、じっと『乙女の碑』の完成予想図を見詰める。飾り気のない御影石《みかげいし》の碑はまるで墓碑のように、目立たずあまりにも地味だった。完成予想図なら、もっと特別感があってもいいのに、林の中にひっそりと立つ乙女の碑には寂しささえ感じる。亀井が国枝に話していた『氷雪の門』の九人の乙女の像をネットで見たことがあるけれど、悲劇を伝える工夫が施されていた。碑の謂《い》われが理解できてはじめて伝わる胸の痛みがあった。

しかし将史の書いた碑文は、何の説明もなく、

『ここより羽衣の／乙女らの天に舞ひしことは／疑ひなしや／皆の幸の在所か／よき人生となりにけるかな／照覧あれ』だけだ。

「何度読んでも伝わってくるのは、羽衣伝説のことだけだわ」

菜緒がひとりごち、改めて自分のノートに書き写す。

将史がこの碑文に込めたかったのは、汐見サキの戦争被害だったはずだ。羽衣伝説ではない。だからここでいう「乙女」は天女ではなく、サキたちを指す。だからなのか「幸の在所」や、「よき人生」という文言に違和感を覚えていた。

「カザミンどうした？」

美千香が菜緒の手許《てもと》を覗き込む。

「誰も望まないものを、どうして躍起になって建てようとしたのかが分からなくて」

「その中途半端な碑の文が気になるのね。で、分析してるんだ。そこから攻めてみるか。原点に返ってみるのも手だもんね。確かにそこに何かを込めたはずだ。そうだ、まさか『折《おり》句《く》』だったりする？」

「折句って、あの『から衣　きつつなれにし　つましあれば　はるばるきぬる　たびをしぞ思ふ』ですか」

苑子が、「折句」の代表ともいうべき在原業平《ありわらのなりひら》の短歌を口にした。折句は句頭に五音または三音の名詞などを折り込む趣向で、業平は「かきつばた」を忍ばせた。

「だけど碑の文は歌じゃないから、行分けの頭の語よね」

と言って、美千香が碑文の文頭を声に出した。

「こ、お、う、み、よ、し」

と美千香の言葉を、菜緒はノートに書き込む。

「あっ、美千香さん。並び替えると『し、お、み、よ、う、こ』になります。折句とアナグラムを組み合わせたんですよ」

菜緒が叫んだ。

「ほんとうだ、碑の文に陽子さんを折り込んでいたんだわ、将史さん」

「なぜ、陽子さんなんですか。碑の目的だとサキさん、陽子さんのお母さんでないとおかしいですよ」

「サキさんは折り込まれてないのかしら。『沓冠《くつかむり》』も試してみようよ」

美千香は、句頭だけでなく句末にも別の言葉を折り込む、折句の趣向を口にした。有名なのは吉田兼好《よしだけんこう》と頓阿《とんあ》の歌でのやり取りだ。「よもすずし　ねざめのかりほ　手枕も　ま袖も秋に　へだてなきかぜ」と送った兼行に「よるもうし　ねたくわがせこ　はてはこず　なおざりにだに　しばしとひませ」と頓阿が返した。

それぞれの歌の句頭は頭から読み、句末の一語を後ろから読んでつなげると「よねたまへ、せにもほし（米給え、銭も欲し）」とせがんだ兼行に「よねはなし、せにすこし（米はなし、銭少し）」と頓阿が答えたことになる。

「碑の文の末語を読むね。の、は、や、か、な、れ」

「これもアナグラムでしょうから……しおみようこのはかなれや……すぐに仲上刑事に連

絡します」

「そうね、その方がいいわ。できるだけ早く」

目を丸くしている苑子と三松を尻目《しりめ》に、美千香も菜緒を促した。

19

明くる日の昼前、菜緒は、美千香と苑子、そして仲上刑事をはじめとする警察関係者たちと、京丹後市M町を流れる竹野川のほとりにいた。将史が首をくくった木がある場所だ。以前訪れたときより雑草は伸び、木々の葉が緑の壁のように川に迫っていた。

気温は三〇度を超えていたが、時折吹く川風が幾分涼を運んでくる。それでも、スコップで作業をする二名の駐在所の制服警官の額には汗が光っていた。少し離れた場所では、鑑識係官四名が銀色のケースを傍らに置いて待機している。

大きな石のすぐ下を掘ろうとしているためか、スコップと石とがぶつかる音が、木陰で見詰める菜緒たちに聞こえた。

「カザミン、ほんとうに石の下？」

と、美千香が掘りにくそうな警官に目を向ける。

「前にここにきたとき、川が近いから、大雨でも降ればすぐにこの辺りまで水がくるような気がしたんです」

「重石《おもし》にしたんだ、惨いわね」

「でも、ほんとうはどうなのか」

「将史さんが、『しおみようこのはかなれや』と書いた碑を建てようとしたんだから、何かあるに決まってる。でもそれは、将史さんが犯罪に関《かか》わっていたことも明らかにするのよね」

「その罪の重さに、耐えられなかったんでしょう。だから汐見サキさんを看取《みと》ってから」

背後の木を振り返った。気温はどんどん上がっているのに、背筋に冷たい風を感じたのだ。

「だけど将史さんだけじゃない。同じように罪を犯した人間がいた。そっちはどうしようもないわ。おそらく監督は何らかの証拠を握っていたんでしょうけど、いまごろは隠滅してる。監督と汐見さんを手にかけて」

「残念ですけど、そういうことになりますね。私が本で下手なことを書いちゃうと、訴訟問題に発展するでしょうし。けれど、陽子さんは、ほんとうのお墓に入れてあげたい……」

「陽子さんの人生、生きた証《あかし》は書いてあげようよ。やっぱりタイトルは『乙女の碑』でいいんじゃないかしら」

「私は、乙女の悲しみ、『碑』に『悲』を当てたいと思っています」

「『乙女の悲』、か。いいわね」

亀井の気持ちも同じで、父、将史の自殺の原因を追究すると共に、陽子をきちんと弔いたかったのではないか。ドキュメンタリーの主人公は、実は一七年間差別と偏見の中で生きながら、闇《やみ》に葬られた陽子と、時代に翻弄された乙女だった。そんな気がする。

父の死を発端に、戦争の罪、無責任な偏見を持つ民衆の罪を浮き彫りにしたかった。そう思うと、亀井が原作を書き、それを映像化しようとした意味も見えてくる。

「警部、仲上警部」

石の前にしゃがんでいた警官が大声を出した。

もう一人の警官が掘った穴に合掌した。

鑑識係官が石に駆け寄り、ブルーシートで覆《おお》いを作った。

「カザミン」

美千香が菜緒の手を握る。

「やっと、外に出してあげられたんですね」

「五五年、長かったわね」

「産まれてからずっと閉じ込められていたんですから、七〇年以上不自由だったんです」

「想像もできない」

仲上が、菜緒の方を見たかと思うと、何かを手にしてこちらに駆けてきた。

そして二人の前に立つと、

「驚きです、信じられません」

と眉《まゆ》を顰《ひそ》めて言った。

「風見さん、あなたの言う通り遺体が発見されました。身元については、完全に白骨化していて特定は難しいでしょう。汐見陽子だとした場合、歯の治療痕などの記録すら残ってない可能性が高い。着衣もかなり傷んでますが、着物みたいです。柄は金魚か何か、そのようなものだと思われます」

「金魚の柄……浴衣《ゆかた》、寝間着の浴衣じゃないですか」

陽子はいつも寝間着だったのだろう。

「浴衣ね、可能性はあるでしょうな。で、その袂《たもと》からこれが出てきました」

仲上の白手袋がつまむビニール袋の中に、変色した紙片が入っていた。

「これは和紙ですね。文字は墨かしら?」

菜緒が紙片を覗く。

「ほう、和紙に墨文字」

考古学資料のようだ、と仲上が苦笑いを浮かべた。

「和紙は一〇〇〇年もつと言われてますし、墨は極めて劣化しにくいものなんです。半世紀以上経ったとはいえ、文字が読めるかもしれないわ」

美千香は、民俗学資料の中には数百年を経た書物でも、鮮明に判読できた例があると言った。

「二つ折りにしてあったものをピンセットで開いたんですが、実際、鑑識さんが驚いてましたよ。十分判読できるって。ホトケさんが誰なのかを探る手がかりになればいいんですが」

仲上は紙片の入った透明な袋を、自分の目の高さまで持ち上げた。

そのとき土色の紙片に書かれたいくつかの文字が菜緒の目に入った。

その中の「将史」という文字に見覚えがあった。

「ちょっといいですか」

菜緒が言った。

「何か、気づきましたか」

と仲上が袋を差し出した。

「失礼します」

そう言うと奈緒は、袋のできるだけ上の方を持ち、木から離れて日光の下でよく見る。

紙の変色はあるものの、それほど邪魔にならず、墨文字は「とめ・はね・はらい」の筆運びまで判《わか》った。

『竹野川の畔《ほとり》、亀石《かめいし》までできてください。絵のモデルになってほしいのです。羽衣伝説をモチーフにした絵がどうしても描きたい。あなたにはそこで水浴をしてほしいのです。恥ずかしいでしょうから、僕は隠れて木陰からあなたを描きます。嫌ならいいんです。日暮れまで待ってこなければ、諦めます。鍵は開けておきます。将史』

菜緒はバッグからタブレットを取り出して資料を呼び出した。それらと紙片の文字とを何度も見比べる。

「これは、大東さんの文字と似てる」

菜緒が声を上げた。

「なんです？」

と仲上が二、三歩、菜緒に近づいた。

「京東商事の大東勇一郎さんです」

「その大東さんがどうしたというんです？」

仲上は目をしょぼつかせている。

菜緒は、亀井監督と汐見陽一を殺害したのが勇一郎しかいないであろう、という自分たちの推理を、駆け足で話した。

「うーん、話としてはあり得ますが、断定できる証拠はないですね。防犯カメラに映っていた男も帽子やマスクで汐見だとも特定できなかったぐらいですから」

仲上は唸《うな》るような声で言った。

「でも、これが」

仲上にタブレットを示した。勇一郎が将史に宛《あ》てたハガキや手紙をスキャンしたものだ。

「将史という文字には特徴があります。陽子さんの寝間着の袂から出てきた紙片にある文字に似てると思いませんか」

「確かに似てますね……鑑定が必要だな。指紋といっしょに調べましょう」

「これ写真に撮っていいですか。内容から、ある推測が成り立つかもしれません」

菜緒は自分が興奮を覚えているのを、心臓の鼓動が速くなっていることで気づいた。

「ほんとうですか」

「ええ」

しっかりと、うなずいた。

ブルーシートの覆いの中から、ストレッチャーが出てきた。その上には僅《わず》かな厚みの黒いシートが載せられている。

陽子の遺体だ。

菜緒は手を合わせ、頭を下げた。

20

ひと月後、菜緒のマンションのリビングに美千香がいた。『乙女の悲～映画監督・亀井和将の遺稿』の校正ゲラをチェックするためだ。校閲が鉛筆で書いた疑問点を一つ一つ吟味して、訂正する必要があるものは赤ペンで記入する。

通常なら確認作業に三週間はもらえる。だが、玉木は三日でやれと無茶を言ってきた。世の中の事件に対する興味の賞味期限は短い、と菜緒をせき立てるのだった。

美千香にＰＤＦという形式で校正ゲラをメールで送付し、それぞれが二日間かけてチェックしたものを持ち寄った。二人の意見を一つに集約して、明日の朝、組み版をするオペレータに渡すことになっている。

「カザミン、昨夜も徹夜したでしょ？」

「いえ、仮眠はとりました」

「目が小《ち》っちゃくなってる。まあカザミンの場合、やっと人並みになっただけだけどね」

「美千香さんこそ、いつもとメイクがちがいます。新幹線で爆睡して、慌てて化粧を直したって感じ」

菜緒は笑った。しんどい作業も、これで監督の本が世に出ると思うと気持ちは軽い。何より、美千香がくると言うと、一樹がソワソワして妙に素直になったのが少し悔しい気もするが、嬉《うれ》しかった。

仕事で忙しいから一樹にかまっている暇はないよ、と伝えると、家にきてくれるだけでいいのだそうだ。一二歳の息子は、まるで交際し始めたカップルのようなことを言った。

「アラフォー女の顔をそんなに見詰めないの。そりゃ寝るでしょうよ、校正ゲラを三日でやっつけろだなんて無茶苦茶いうんだもん、玉木さん。再校もタイトだし」

「ですよね。事件が解決したのだってあり得ないことなのに」

菜緒は、陽子の浴衣の袂にあった和紙片の文章から導き出した推理を、仲上に話した。その仮説に基づいて、警察は動いてくれたのだ。

仲上は勇一郎の自宅を家宅捜索し、書斎の金庫から亀井監督のタブレットを発見。そこには監督が書いた原稿の一部が保存されていた。

勇一郎が監督を殺害した犯人ならば、殺害に至る詳しい経緯を記した陽一からのメールも、勇一郎が書いたことになる。

メールは、陽一が死んだ京丹後市M町内から発信されていたと判明、Nシステムによって京都市内とM町を往復する勇一郎運転の車を見つけ出したのだった。陽一を犯人とする証拠として残したメールが、かえって自身の首を絞めた。

そして三週間前、仲上は亀井和将、汐見陽一殺害容疑で勇一郎を逮捕したと知らせてくれた。その際彼は、風見さんのご推察通りでした、五五年前の殺人事件が解決するなんて、まさに奇跡だと言った。

菜緒は奇跡とは思わなかった。長い歳月を経てもなお消えない、陽子が袂にしまい込んだ思い、後悔し続けた将史、そしてその遺志を継ごうとした亀井監督が真実を炙《あぶ》り出したのだ。

校正作業は、ようやく最終章に入った。菜緒は、本の締めくくりとして亀井監督の残した文章を使った。

私は、父が残した碑文を何度も何度も読み、かつて歌人も遊んだ沓冠と、アナグラムを組み合わせて『ここより羽衣の／乙女らの天に舞ひしことは／疑ひなしや／皆の幸の在所か／よき人生となりにけるかな／照覧あれ』には、「汐見陽子の墓なれや」という言葉が折り込まれていることを発見した。

これにはさすがに驚き、父の碑に対するただならぬ思いに身震いした。

ただし「墓なり」ではなく、なぜ「墓なれや」だったのかという疑問も残った。「墓なれや」には「墓なのだろうか、いや墓にちがいない」とか「墓なんだなあ」というニュアンスがある。言い切れないが、墓であってほしいという気持ちが感じられる。きちんと明記できないもどかしさの表れだと、私には思えた。つまり陽子は、病院に入院したのではなく、亀石辺りに葬られているのではないか。そして父は、その死に関係していた。父が果たせなかった贖罪《しょくざい》を、私は映画という形で成し遂げたいと願っている。それを残すことが乙女たちへのせめてもの慰めになることを祈って——。

しかし、そうするには解決しておかなければならないことがある。

父の友人、大東（旧姓・西寺）勇一郎の手紙だ。彼は何度も彼女を忘れろ、と書いている。幻影で、はじめから存在しなかったと思うしかない、とまで言って諭しているのだ。名前は書いていないが、これは汐見陽子のことだろう。

大東がどう言うかは分からないが、彼もまた陽子の死について何かを知っている。

そこで問題になるのは、あの興信所の調査報告書の存在だ。陽子が一七歳で亡くなっていたとするならば、報告書はでたらめだということになる。まず陽一氏にそれとなく確認したが、彼が嘘をついているとは思えなかった。次に調査員の林善太郎氏に確認しようとしたが、すでに鞍馬口興信所はなく、彼の所在は分からなかった。とはいえ報告書は事実とは異なり、陽子の生存証明となったことは確かだ。

次に私は、映画制作を記念して、あの亀石の場所に父が計画した通りの『乙女の碑』を建てると大東に申し出た。彼の反応を見るためだ。

するとその件について、詰めの協議をしたいと言ってきた。いま撮影しているBS時代劇『柳生月影抄外伝・逆風天ノ羽衣』のクランクアップの日に、これまでの疑問をぶつけてみるつもりだ。

菜緒は、散々逡巡《しゅんじゅん》して、最終章の「しかし、そうするには解決しておかなければならないことがある」以降の文章を赤ペンで囲み、「トル」と書いた。削除することにしたのだ。亀井はあくまで映画監督、心から映画を愛する人間だ。その気持ちを読者の心に残して、本書を結ぶべきだと思った。

「さっき仲上刑事に聞いたところによると、調査報告書について、大東さんはこう言ったんだそうです。和田民子さんに、ある病院で陽子さんを見た、けれど錯乱状態で何も分からないみたいだった、あれじゃ家族のことも分からないな、と告げた。それを聞いた民子さんが、取り上げた産婆として不憫《ふびん》だと泣き出した。その様子を見て、じゃあきちんと保護して治療してもらうように僕が養子先に頼んでみると言った。ただし民子さんの知り合いの病院で保護したことにして、自分のことは言わないでと、秘密にする約束をした」

大東の申し出に民子はたいそう感激し、そのまま汐見サキに話した。

「興信所の林さんがヒヤリングしたとき、全員が嘘をついたんじゃなかったのね。民子さんの話を信じていた。むろん民子さんも善意で、大東さんとの約束を守った」

「ただ、この調査報告書ですが、大束さんは第三者に調べさせて、陽子さんがどこかで生きていることにさえしておければいいと思ったんです。将史の名前で、作っておいてやったぞって。今後誰も陽子の行方を詮索《せんさく》しない、安全だと。ところが将史さんの受け止め方は違っていたようです」

「自殺したんだから、ますます苦しんだ？」

美千香が先回りして言った。

「ええ。みんな陽子さんが生きていると信じている。そのことにむしろ耐えきれなくなったようです。将史さんと電話で話していると、報告書を作ったことが誤算だったと感じたそうです。つまり将史さんは、自分が安全圏にいることが、かえって辛かったってことです」

「考えてみれば、その報告書の内容も含めて、大束さんがコントロールしていた。彼の情報に操られた人形だったのよ、私たち」

「ほんとうに編集者として未熟でした。もっと俯瞰《ふかん》できないといけませんね」

「やってくれたわよ、大束さん。それにしても潔く供述してるんだ」

犯行後、亀井の資料の中に調査報告書を見つけた大束は、すべての発端である陽子が二五歳まで生きていたことにできれば、自分たちの過去は隠し通せると考え、三松に持って帰らせることを思いついた。以前事務所で会ったとき、編集作業中とメールしておけば、勝手に持っていくからじゃまされないと、亀井が資料を下駄箱に置いたのを憶えていて、利用することにした。

『乙女の碑』を造られれば、陽子の遺体が出てくる。それを恐れての犯行だった。陽子を呼び出した手紙を回収できていないことには気づいていた。当時は指紋が付着することに注意など払っていない。昨今の犯罪捜査の発達を目にし、ますます恐怖は募っていた。いくら時効とはいえ、将史を裏切り、陽子を殺した事実が明るみに出ることに耐えられなかった。

「将史さんの『乙女の碑』の計画を知って、一度は自分で掘り返そうと試みたそうです。でも、美しかった陽子さんのなれの果てを見ることが、恐ろしかったって」

勇一郎は、地中から一七歳の若く美しい陽子が這《は》い出てくるが、次の瞬間むごたらしい骸《むくろ》と変わり、自分を睨む……そんな悪夢に幾度となくうなされてきたと声を震わせたのだそうだ。

「自業自得だわ。何の落ち度もない陽子さんを殺めたんだから」

「でも、殺すつもりはなかったんだそうです」

菜緒の推理と違ったのは、邪《よこしま》な気持ちも、ましてや殺すつもりもなかったことだ。将史は陽子、陽一と共通の趣味、絵で結ばれていた。そして陽子への気持ちもさることながら「竹ペンの会」にのめり込んでいった。勇一郎は、将史をとられたような気になり、絵心のない自分だけ置いてけぼりにされて寂しかった。そんな気分を晴らすように、ほんの悪戯《いたずら》のつもりで、陽子を呼び出すあの手紙を書いたのだという。

「石の上で浴衣を脱ぎはじめた陽子さんを見て、やっぱり可哀想だと思い、止めようとして木陰から飛び出したんですって。それに驚いた陽子さんは川に逃げ、溺《おぼ》れそうになった。生まれて初めて川に入ったんですものね。助けようとしたと言っています。でも声を上げられて、口を押さえた……。動かなくなった陽子さんを石の上に運んだとき、将史さんの足音がしたんだそうです」

「どうして将史さんが？」

「将史さんにも、亀石のところに来るように声をかけておいたんです。裸の陽子さんを真面目な将史さんに見せて慌てさせようという悪戯だったんです。で、とっさに、陽子さんは将史とのことを悩んで入水《じゆすい》自殺した、と嘘をついた。『将史さん、ゆるして』と叫んだのを聞いたと」

「それで将史さんは、自分にも責任があると思い込んだんだ」

「そうですね。陽子さんの自殺に放心状態になっていた将史さんに、もうあの家に帰すのは可哀想だ。二人で陽子を弔ってやろうと持ちかけた」

「将史さんはパニック状態で、大東さんの言うことをきくしかなかったのね。まだ一七歳だもん」

「そして、五五年が経って、将史さんの息子、亀井監督が現れました」

大東はそのときのことをこう言った。

和将くんに初めて会ったとき、彼は唐突に映画の台詞をしゃべり出した。

「あの頃を振り返るんだ。若くてバカだった恐ろしい犯罪をしでかしたガキの頃を。あいつに話してやりたい。説教をしてやりたい。でも、できない。ガキはいなくなり、この老いぼれが残った」

その言葉を聞いたとき、心臓が破裂しそうになった。将史が亡くなる前に、電話で言ったものと同じだったからだ。

そして「親父の自死の真相を調べています。乙女の碑というものへの思いを含めて、戦争の傷痕《きずあと》をあぶり出すドキュメンタリーを撮りたい」と和将くんは熱弁を振るった。

そのとき、私の「若くてバカだった恐ろしい犯罪」を知っていると思った。その上で映画のスポンサーになってほしいと言っているのだと。

「それでも、あまりにも身勝手だわ」

美千香が拳《こぶし》を握って殴る格好をし、

「あっと、献辞が抜けてる」

とゲラに目を落とす。

「うっかりしてました。冒頭に亡き亀井和将監督に捧《ささ》ぐと入れます。終わりには美千香さんへの感謝の言葉も」

「当然でしょう」

と美千香が笑った。

そのとき子供部屋のドアが開く音がした。

「なんだか楽しそうだね」

一樹も笑顔で美千香の横に座る。

「おう、イッちゃん。もうすぐお相手してやるぞ」

美千香が拳を上げると、一樹は拳をぶつける。

「返り討ちにするからね、覚悟してて」

「そうそう、美千香さんからもらった『京ばあむ』食べよう。抹茶と豆乳のバウムクーヘンよ」

「豆乳、ヘルシーだね。牛乳はお子様のものだから」

母がいつもホットミルクを飲ませるのを皮肉ったのだろう。

「美味しいお菓子に、子供も大人もないの」

菜緒はそう言いながら美千香の土産《みやげ》を開き、円筒型のバウムクーヘンを切り分けた。

「うまい」

一口食べると一樹が大きな声を出した。

「飲み物がまだでしょ。喉《のど》詰まるわよ」

「じゃあコーヒー」

「もう、飲めないくせに」

「ブラックで頼むよ」

皿を持ち上げ、一樹は格好付けて言う。

「苦いって残すに決まってる」

「カザミン、私はミルクと砂糖をたっぷり入れて」

美千香が菜緒にウインクした。

「分かりました。じゃあイッちゃんはブラックで、美千香さんがコーヒー牛乳ですね」

美千香は一樹と交換するつもりだ。

「それはそうとBS時代劇『逆風天ノ羽衣』の放映日は決まったの？」

美千香が一樹とじゃれ合いながら聞いてきた。

「亀井監督の追悼番組になるそうで、今秋放映だって小金沢さんから聞きました」

「苑子さんも喜ぶわ。中西先生もね」

「私も嬉しいです」

菜緒が、コーヒーで汚さないようにゲラをしまおうとしたとき、『乙女の碑』完成予想図が目にとまった。

陽子のお骨は、陽一の息子に引き取られた。汐見家の墓に納めてあげたいと言っているそうだ。でもあの亀石に陽子の魂が残っているような気がする。将史もそう思ったから、そこに『乙女の碑』を建てたかったにちがいない。

汐見陽子の墓なれや、菜緒は心の中でつぶやき、ゲラをしずかに封筒に入れた。

エピローグ

出社した菜緒のデスクに一通の封書が置かれていた。差出人を確かめると、京都市内の弁護士事務所の住所がゴム印で押されている。

香怜にちょっと外に出てくると断り、封書を手にして席を立つ。行きつけの喫茶店の一番奥の席につきアイスコーヒーを頼むと、早速封を切った。


前略 風見さん、大東勇一郎です。あなたにどうしても言っておきたいことがあって、留置場でペンを執りました。顧問弁護士に託したので、驚かせてしまったかもしれません。お許し下さい。

取り調べで仲上刑事から、どうして亀井和将のタブレットを保管していたんだ、と聞かれました。携帯電話は処分しているのに、なぜだと。実のところ、私にも分からなかったのです。

証拠になるようなものをどうして捨ててしまわなかったのか、ずっと考えていたのですが、昨日ふと気づきました。

あなたと帝国ホテルでお目にかかった折、激しく咳《せ》き込んだのを覚えていらっしゃいますか。家族も知らないのですが、末期の肺がんです。今回の犯行も、汚名を残すようなことはできない、妻と娘たち、私を養子にしてくれた大東家に迷惑をかけたくない一心での愚行でした。いまはほんとうに申し訳ないことをしたと手を合わせております。とはいえ私が死ねば、誰も将史のことを覚えている人はいなくなります。

話がそれてしまいましたが、あのタブレットには少ない資料から、和将くんが立ち上げた将史像がありました。確かにそこに将史が生きていた。陽子の事件以降、少しずつ私から離れていった友です。いま手の中にいる友を失いたくない、という思いで金庫にしまったのです。

この狭い留置場の中で、そんなことを考えているうちに、どんどん子供だった頃の将史との日々が浮かんできて、将史という人間を分かってもらうために、風見さんにお伝えしたい、と思い立ったのです。

そこまで読んだとき店員がアイスコーヒーを運んできた。喉《のど》を湿らせ、続きを読み始めると、いつしか菜緒の目の前に京丹後市M町の風景が広がっていた。

山間《やまあい》の村の夏は、昼間は蟬時雨《せみしぐれ》、夜になると蛙《かえる》の大合唱で賑《にぎ》やかだった。ランニングに半ズボン姿の勇一郎が、将史の家の前にいた。手には大きなろうそくを持っている。夕方になると田んぼのあちこちに置いて回る誘蛾灯《ゆうがとう》だ。除虫剤が一般的ではない頃《ころ》、夜の田園にはざるに置かれたろうそくが灯《とも》り、畦道《あぜみち》を歩くには十分だった。

「勇ちゃん、遅れてごめん」

白シャツのボタンをきちんと留め、紺色のズボンをはいた将史が玄関から駆けてきた。彼はろうそくではなく、自分の背丈を超える笹《ささ》を肩に担いでいる。

「怖《お》じ気《け》づいて、来んかと思った」

勇一郎が、将史の頭を人差し指で突《つつ》いた。

「僕ももう四年生や。怖いことなんかあらへんよ」

「俺からしたら、まだ四年生や。なんちゅうても森の中なんやぞ。お化けが出るかもしれへんで」

「勇ちゃんは五年生やのに、お化けを信じてるんか」

「あほな、そんなもんいるわけないやろ」

勇一郎は誰《だれ》もいない自分の背後にろうそくを向け、

「ほな行くぞ」

と大きな声で言った。

いがぐり頭の二人の少年が目指したのは、比治山山麓《さんろく》にある『乙女神社』だった。七夕の日、国語の授業で「七夕のおこり」を学び、地元の神社に伝わる「さんねも」の話を先生がしてくれた。それを聞いた勇一郎が、七夕の笹をその神社に持って行って、願い事を書いた短冊を吊《つる》そう、と将史を誘ったのだった。

「神社やし、必ず願い事が叶《かな》うと思うんや」

すでに四〇分ほど歩き、短くなったろうそくを見ながら勇一郎がつぶやく。

蛙の鳴き声が小さくなり、虫の音が足下からわき起こってきた。山の麓《ふもと》とはいえ、気温の差があるのか秋の匂《にお》いが漂っている。

鳥居が見えてくると、示し合わせたように二人は走り出した。勇一郎はろうそくの火が消えないように手で覆いをつくりながら、将史は笹を地面に引きずりながら鳥居をくぐった。

「ろうそく、よくもったな。消えてしもたら笹飾りができひんとこや」

ひよこを抱くように、手のひらの中の火を将史に見せた。

「早《は》よ、立てよう」

鳥居の足許《あしもと》にろうそくを置き、二人は手で土を掻《か》いた。適当な深さになったのを見た将史が、笹の枝を差し込んだ。

二人は家で書いてきた短冊を、ズボンのポケットから出した。

「将史、お前は何をお願いするん？」

「人に言うたらあかんのとちゃうか。まず笹に結びつけような、勇ちゃん」

「そうやな、どうせ吊したら見られるもんな。ほな同時に」

ろうそくに揺れるほとんど同じ背丈の二つの影が、笹の枝に手を伸ばした。

「見てええんか」

勇一郎が尋ねる。

将史がうなずき、

「笑わんといてや」

と言った。

勇一郎はろうそくを持ち、短冊に近づける。

「紙芝居やさんになりたいって、お前、紙芝居見たことあるんか」

「ない。けどお祖父《じい》ちゃんが、紙芝居はこんなんやって、『黄金バット』の話をしてくれた。絵はないけど、面白かった。ほんで、お前やったら絵が描《か》けるんちゃうかと言うてくれた」

「将史は絵が上手《うま》いもんな。きっとなれる」

「勇ちゃんのを見せて」

将史が勇一郎からろうそくを受け取る。

「ノーベル賞がとれますように。すごい、やっぱり勇ちゃんは、湯川博士や」

「湯川博士は物理学賞やけど、俺は経済学賞や」

「よう分からんけど、商売に関係する勉強やろ」

「俺の家はお金がないさかい、大学に行けるかどうか分からへんのやけどな」

「そやからここに来たんか」

「大昔の七夕伝説が残ってるんや。何か力があるんとちゃうかと思って」

「そやな。こんなとこまできたんや、天女が叶えてくれる。それに、勇ちゃんは秀才やから」

「おおきに将史。二人とも夢、叶ったらええな。ほな帰ろ。帰りは月明かりを頼らなあかん」

勇一郎は、ほとんどなくなったろうそくの小さな火を見つめた。

神社を出て山道を歩き出すと、火が消えた。

「勇ちゃん」

将史は勇一郎の手を握った。

「将史、しっかり俺につかまれ……ほんまは俺、お化けが怖いんや。ひっついててくれると心強い。そやけど、これは二人だけの秘密やで」

「僕も暗いのが怖いから、おあいこや」

二人の笑い声が、山道の静けさを破った。

「勇ちゃん星見てみ。すごいで」

将史が空を見上げた。

「きれいや。あっ流れ星。将史が紙芝居やさんになれますように」

「ありがとう、僕は願い事できひんかったのに。勇ちゃん、ずっと友達でいてな」


喫茶店のカウベルの音がして菜緒は我に返った。どんな顔をして手紙を読んでいたのだろう。恥ずかしくなって、手紙を封筒にしまった。

この中には、山間の村で互いを信じ、未来を信じて疑わない少年たちが、確かにいた。

おしぼりでそっと目頭を押さえ、アイスコーヒーを飲み干すとレジに向かう。

「風見です、コーヒーチケットで」

菜緒は喫茶店を出たところで、大きく深呼吸した。

勇一郎の手紙を読みながら、頭の中で登場人物を動かしていた。編集者は、もっと客観的にならなければいけない。

やっぱりわたしは編集者、風見菜緒なのだ。

Haruki Bunko
ハルキ文庫

か 15-2

乙女《おとめ》の悲《ひ》 編集者《へんしゅうしゃ》 風見菜緒《かざみなお》の推理《すいり》

著者 鏑木《かぶらぎ》 蓮《れん》

2019年 9月18日第一刷発行

発行者 角川春樹

発行所 株式会社角川春樹事務所
〒102-0074 東京都千代田区九段南2-1-30 イタリア文化会館

電話 03(3263)5247(編集)
03(3263)5881(営業)

印刷・製本 中央精版印刷株式会社

フォーマット・デザイン 芦澤泰偉
表紙イラストレーション 門坂 流

ISBN978-4-7584-4287-9 C0193 ©2019 Ren Kaburagi Printed in Japan
http://www.kadokawaharuki.co.jp/[営業]
fanmail@kadokawaharuki.co.jp[編集] ご意見・ご感想をお寄せください。